Jane Austen

Tradução, pesquisa e adaptação de
Moira Bianchi
Rio de Janeiro
2022

Juvenilia – volume 3:
Cadernos originais da Jovenzinha Jane

JANE AUSTEN JUVENILIA OU JOVENZINHA JANE é uma tradução de manuscritos da autora Inglesa Jane Austen na última década do século XVIII, acrescidos de insights e pesquisas históricas.

A compilação ora apresentada é uma obra de ficção. Nomes, personagens, lugares e incidentes são produto de imaginação ou usados ficticiamente. Qualquer semelhança com pessoas reais vivas ou falecidas, eventos ou lugares é inteiramente coincidental.

Os direitos autorais das imagens dos scans dos cadernos pertencem às bibliotecas e proprietários dos manuscritos. A *Jane Austen's Fiction Manuscripts Digital Edition* não pode fornecer imagens para reutilização. Consulte o site para visualização.

O famoso 'The Rice portrait' enconstra-se em domínio público. Consulte o site para visualização. https://thericeportrait.com/ O famoso 'The Rice portrait' enconstra-se em domínio público. Consulte o site para visualização. https://thericeportrait.com/

Revisão carinhosa e cuidadosa de Araujo, Nunes e Rickli.
Capa por Bianchi usando recursos de
Freepik, Pixabay, Pexels & Unsplash sob supervisão de Neiva - Ideias & Kits.

Trabalho registrado no portal Registro de Obras com tecnologia de
CERTIFICAÇÃO DIGITAL - Brasil - 2022.
www.moirabianchi.com

Copyright © 2022 Moira Bianchi

ISBN: 9798825522166

Direitos sobre a obra de Ms. Austen pertencem ao seu legado.
Todos os direitos da tradução/compilação/pesquisa
estão reservados, inclusive de reprodução total ou
parcial em qualquer forma.

JANE AUSTEN

Juvenília

VOLUME 3

CADERNOS ORIGINAIS da
JOVENZINHA JANE
TRADUZIDOS POR

Moira Bianchi

ÍNDICE

CORAGEM & ADMIRAÇÃO

Olá!

Sou Moira Bianchi, autora de romances. Comecei minha carreira literária por culpa, incentivo e inspiração de Jane Austen.

Eu não sabia, mas foi aqui mesmo na Juvenília que ela disse *'se um livro é bom, eu acho que é curto demais'*, determinando que eu, séculos depois, ficaria obcecada por Darcy e Lizzy.

Tamanho é meu amor pelos personagens & situações criadas por ela que já reescrevi e recontei seu Orgulho e Preconceito muitas vezes. E não pretendo parar! Costumo dizer que O&P é meu *happy place*, vou sempre visitar meus amigos íntimos que moram lá.

Por Austen já dei palestras, fiz podcasts, estudos, monografias, tenho perfis dedicados nas redes sociais e ainda quero mais. Sou fã mesmo!

Traduzir seus originais vem dessa coragem de me atrever em *Austen Nation* com muito cuidado, respeito e pesquisa.

Estudei muito, fiz cursos e assisti palestras. A cada volume trabalhado, aprendi um tantinho mais e fui revisando, aprimorando este trabalho de amor e dedicação.

Cada conto que você vai ler aqui traduzido mereceu consultas de datas, peças, citações, análises críticas ou contos. Essa menina era impossível! Me deu uma surra!

Procurei fazer o melhor, de fã para fã.

Prepare-se para rir!

No **Volume 1** Jane é cômica, no **Volume 2** ela é exagerada e picante, agora no **Volume 3**, começamos a ver a Jane que estamos acostumados!

Agora ela fala de amores e decepções, viagens, corações partidos e também, em um maravilhoso *fanservice*, nos mostra embriões do que se tornaram suas obras famosas como nomes e sobrenomes que são queridos para nós, por exemplo.

E mais: a interação com os sobrinhos a quem ela deu permissão para terminar suas histórias!

Esses cadernos são obras de uma jovem e por isso têm maneirismos que eu tentei manter para te dar uma pista de como ela era. Porém, como no **Volume 1**, fiz algumas alterações para ajudar a leitura destas delícias da juventude da autora que amamos, mudei os longos parágrafos dividindo em mais curtos e dei destaque aos diálogos entremeados neles. Também descartei as partes escritas e rabiscadas em cima a não ser quando se tratava o capítulo todo (Aha! Que graça!). Mantive os títulos de capítulos como ela fez: números onde tinha número, por extenso onde estava por extenso. Incluí até as continuações feitas pelos parentes dela, tudo certinho como está no caderno original.

Tomei a liberdade de corrigir pontuações aqui e acolá, mas mantive os adoráveis '&' que ela usava. Amo! Fiz pequenas alterações para que você tenha fluência na leitura dos registros da mente afiada da Jovenzinha Jane.

Eu, como fã incorrigível, mantive as principais correções que ela fez e riscou em 'Catharine ou o caramanchão' por ser este o último conto da Juvenília – possivelmente sua última produção antes do delicioso Lady Susan. Também, tomei a liberdade de incluir extras que não compõem o caderno original, mas que foram produzidos nesta lacuna de tempo. Você as encontrará em 'Bônus' e saberá deste meu pecadilho.

Peço perdão desde já por estas facilitações e observo que para ver os originais, basta visitar a fonte indicada.

Deixe uma avaliação (de 5 estrelas) para que esta delícia chegue a mais pessoas e me visite nas redes sociais para conversar sobre suas opiniões sobre Jane.

Até logo,

M.

OS CADERNOS DA JOVENZINHA JANE

Este volume é parte da compilação dos scans dos três cadernos escritos pela própria mão de Jane Austen disponíveis online em imagem e texto. É uma tradução de cópia fiel das primeiras obras da autora em uma variedade de gêneros, aqui neste volume, acrescidos de alguns extras que não estão no *caderno original*. Desde peças, poemas, contos até orações, esses cadernos são um tesouro para os fãs.

O que se conhece como 'Juvenília' foi composto entre seus 11 e 18 anos. De acordo com cartas dela própria e de familiares, acredita-se que Jane começou a compor as primeiras na época em que deixou a Abbey School em Reading – ou seja, com 11 ou 12 anos. (Ela deixou a escola em 1786 e fez 12 em dezembro de 1787).

Este Terceiro volume (assim nomeado por ela mesma) foi composto entre 1790 a 1793 quando é provável que ela tenha *passado a limpo* sua produção fazendo pequenos ajustes. Acredito que vemos florescer traços para a crítica social pela qual ela ficou famosa, é a lapidação da romancista.

Especula-se que Jane escolheu estes itens para passar a limpo, mas não há registros de que haviam outros contos. As versões originais não existem mais.

Em testamento, Jane Austen deixou seus manuscritos para a Cassandra. Quase 30 anos depois quando ela faleceu, este segundo caderno foi para seu sobrinho James Edward Austen-Leigh (1798-1874), deste para seu neto, Richard Arthur Austen-Leigh, que foi quem permitiu a publicação. O caderno permaneceu na família até 1976 na posse conjunta das filhas do primo Lionel Arthur Austen-Leigh. Foi doado ao Museu Britânico em 1963 e foi exibido na exposição Jane Austen da Biblioteca Britânica, dezembro de 1975. Depois foi comprado pela British Rail Pension Fund em 1976 por £ 30.000 e finalmente foi vendido de novo para a British Library em 1988 por £ 120.000 onde está.

Este volume foi publicado pelo mesmo editor do Segundo, R. W. Chapman, que o fez em 1951 incluindo transcrições anteriores dos manuscritos de ficção e do Volume I.

Curiosidades:

- Jane usava cadernos comprados prontos para seus escritos;

- Os cadernos eram comumente achados na época, tinham páginas em branco costuradas entre capas de couro ladeadas por papel marmorizado, tamanho aproximado de 20x20cm;

- Os cadernos foram numerados (por ela mesma) como Volume primeiro, segundo e terceiro, provavelmente em paródia ao costume da época de publicar romances em volumes (anos depois, suas próprias obras repetiram o costume);

- Este é um pequeno caderno encadernado em pergaminho colado sobre papelão, semelhante em tamanho, construção e estética aos anteriores;

- Tem papel creme com bordas das folhas salpicadas de vermelho, tem 69 folhas/páginas e as cinco finais do manuscrito permanecem em branco;

- Os manuscritos foram escritos e corrigidos em uma variedade de tinta preta, marrom escura e lápis;

- Ela fazia índice e numerava as páginas;

- Jane usa narrativas no passado, presente e futuro;

- Abusava de recursos como cartas, diálogos e narrativa na terceira pessoa;

- Os cadernos exibem anotações, carimbos e numeração extra feitas pela Biblioteca em algum momento do passado.

- No índice deste volume 3 há a assinatura: 'Jane Austen – 6 de maio de 1792' e de acordo com uma inscrição final, completou a transcrição em 3 de junho de 1793;

- Os dois romances 'Evelyn' e 'Catharine, ou o caramanchão' foram finalizados pelos sobrinho de Jane, James Edward Austen e Jane Anna Elizabeth Lefroy da seguinte forma:

  - Quatro folhas separadas, inseridas frouxamente no caderno têm uma continuação alternativa para 'Evelyn' e são assinadas 'J. A. E. L.'

  - Outras folhas extras tem um final alternativo para 'Evelyn' daquele fornecido por James Edward.

VOLUME TERCEIRO

Terceiro dos três cadernos de transcritos
pela própria pena da autora.

*Efusões da imaginação
de uma dama muito jovem
consistindo de contos
em um estilo totalmente inovador.*[1]

Para James Edward Austen Leigh[2]

---

[1] Anotação na contracapa em caligrafia possivelmente do pai de Jane, Reverendo George Austen.

[2] Na caligrafia de Cassandra, irmã de Jane (possivelmente). Provavelmente esta inscrição a lápis foi feita depois 1837, data em que James Edward Austen acrescentou 'Leigh' ao seu sobrenome.

Para a Srta. Mary Lloyd[3]
Dedicada com sua permissão,
por sua obediente e humilde criada
A autora.

Ackermann's Repository - Fashion Plates - início do século XIX - em domínio público.

---

[3] Irmã mais nova de Martha, grande amiga de Jane. Anos mais tarde, Mary seria a segunda esposa de James, irmão de Jane.

EVELYN

Em uma parte afastada do Condado de Sussex há uma vila (não que eu saiba o suficiente para negar) chamada Evelyn, talvez um dos lugares mais bonitos do sul da Inglaterra.

Há cerca de vinte anos, um cavalheiro que passou a cavalo por ali concordou tão inteiramente com a minha opinião a esse respeito que parou na pequena taverna & perguntou com grande seriedade se havia alguma casa para alugar na paróquia. A senhoria, que era notavelmente amável como todos em Evelyn, balançou a cabeça para esta pergunta, mas parecia não querer dar-lhe qualquer resposta. Ele não podia aguentar a incerteza, mas não sabia como obter a informação que desejava. Era impossível repetir a pergunta que já parecia ter deixado a boa mulher incomodada.

Ele se virou em visível agitação. — Em que situação estou! — Disse ele para si mesmo enquanto caminhava até a janela para abri-la. Ele se viu reanimado pelo ar, que sentiu em um grau muito maior quando abriu a janela do que antes. No entanto, foi passageiro. A agonizante dor da dúvida e o suspense novamente oprimiram seu espírito.

A boa mulher, que observara em silêncio ansioso cada mudança de seu semblante com aquela benevolência que caracteriza os habitantes de Evelyn, implorou-lhe que lhe contasse a causa de sua inquietação.

— Senhor, em meu poder existe alguma coisa a fazer para aliviar seu pesar? Diga-me de que maneira posso acalmá-lo & acredite-me que o bálsamo amigável de conforto e ajuda não faltarão; pois, de fato, senhor, tenho compaixão na alma.

— Amável mulher, — disse o Sr. Gower, movido quase às lágrimas por essa oferta generosa — essa grandeza de espírito para quem sou praticamente um estranho serve apenas para me fazer desejar uma casa nesta doce vila mais calorosamente. O que eu não daria para ser seu vizinho, para ser abençoado com sua convivência e com maior conhecimento de suas virtudes! Oh! Que prazer me daria tal exemplo! Diga-me, então, melhor das mulheres, não há possibilidade? Eu nem posso falar - você sabe o que é.

— Ai! Senhor, — respondeu a Sra. Willis. — não há <u>nenhuma</u>. Todas as casas nesta vila estão habitadas, pela beleza do lugar & pureza do ar, onde nem tristeza, má saúde ou vícios existem. — Depois de uma breve pausa. — Mas há uma família, que embora seja calorosamente apegada ao local, mas por uma peculiar generosidade de disposição, talvez estivesse disposta a recebê-lo em sua casa.

Ele agarrou-se avidamente a essa ideia e, tendo recebido direção para o lugar, partiu imediatamente em sua caminhada até lá. Ao se aproximar da casa, ficou encantado com a situação. Ficava no centro exato de uma pequena pastagem circular que era contida por uma cerca simples & rodeada por uma plantação de álamos da Lombardia & abetos alternadamente dispostos em três fileiras. Um caminho de cascalho percorria esta bela vegetação, e como o restante da pastagem estava livre de qualquer outra madeira, a superfície dela perfeitamente plana e lisa, e salpicada por quatro vacas brancas que estavam dispostas a distâncias iguais umas das outras, a aparência do lugar em que o Sr. Gower entrou era extraordinariamente impressionante.

O caminho de cascalho cuidadosamente feito, sem qualquer curva ou interrupção, levava imediatamente à casa. O Sr. Gower chamou e a porta logo foi aberta.

— O Sr. & a Sra. Webb estão em casa?

— Eles estão, meu Bom Senhor. — Respondeu o criado. E liderando o caminho, conduziu o Sr. Grover escada acima até uma saleta muito elegante onde uma dama, levantando-se de seu assento, o recebeu com toda generosidade que a Sra. Willis tinha.

— Bem-vindo, homem bom, esteja à vontade nesta casa & em tudo que ela contém. William, conte ao seu patrão da felicidade que aprecio, convide-o a participar dela. Traga chocolate imediatamente, forre a mesa da sala de jantar e sirva as tortinhas de cervo[4]. Enquanto isso, deixe o cavalheiro comer

---

[4] *Venison pastry.* Um tipo de pastel de forno ou empanada. Comida da classe trabalhadora citada até por Shakespeare.

alguns sanduíches, e traga uma cesta de frutas. Mande trazer sorvetes e uma tigela de sopa, e não se esqueça de algumas geleias e bolos. — Em seguida, virou-se para o Sr. Gower e pegou sua bolsa. — Aceite isto, meu bom senhor, acredite, você é bem-vindo a tudo o que está ao meu alcance para conceder. Eu gostaria que minha bolsa fosse mais pesada, mas o Sr. Webb deve compensar minhas deficiências. Eu sei que ele tem dinheiro em casa no valor de cem libras, que ele deve trazer-lhe imediatamente.

O Sr. Gower sentiu-se tomado pela generosidade dela ao colocar a bolsa no bolso e, pela excessividade de sua gratidão, mal conseguiu se expressar de forma inteligível quando aceitou a oferta das trezentas libras.

O Sr. Webb logo entrou na sala e repetiu todas as ofertas de amizade & cordialidade que sua senhora já havia feito. O Chocolate, os sanduíches, as geleias, os bolos, o sorvete e a sopa logo apareceram, e depois que o Sr. Grover provou tudo e guardou o resto, foi levado à sala de jantar onde comeu uma excelente refeição & tomou os vinhos mais requintados, enquanto o Sr. e a Sra. Webb ainda insistiam que ele comesse e bebesse um pouco mais.

— E agora, meu bom senhor, — disse o Sr. Webb quando a refeição do Sr. Gower foi concluída — o que mais podemos fazer para contribuir para sua felicidade e expressar a afeição que temos por você? Diga-nos o que mais deseja receber; e acredite em nossa gratidão por contar.

— Dê-me então sua casa & quintal; eu não peço nada mais.

— É sua! — Exclamaram os dois juntos. — A partir deste momento é sua.

Esse acordo feito e o presente aceito pelo Sr. Gower, o Sr. Webb chamou o criado para mandar pedir a carruagem, dizendo a William ao mesmo tempo que chamasse as moças.

— Melhor dos homens — disse a Sra. Webb. — Não vamos gastar muito do seu tempo.

— Não peça desculpas, querida senhora. — Respondeu o Sr. Gower. — Pode ficar esta meia hora se quiser.

Ambos explodiram em admiração pela polidez dele, que eles concordaram servir apenas para fazer sua conduta parecer mais indesculpável em gastar seu tempo.

As moças logo entraram na sala. A mais velha tinha cerca

de dezessete anos, a outra, vários anos mais nova.

Assim que o Sr. Gower fixou os olhos na Srta. Webb, sentiu que algo mais era necessário para sua felicidade do que a casa que acabara de receber. Sra. Webb o apresentou à filha.

— Nosso querido amigo, Sr. Gower, minha querida. Ele tem sido tão bom a ponto de aceitar esta casa, pequena como é, & prometer mantê-la para sempre.

— Permita-me assegurar, senhor, — disse a Srta. Webb — que sou muito sensível à sua gentileza a esse respeito, que pela brevidade de seu contato com meu pai & minha mãe, é mais do que o habitualmente lisonjeiro.

O Sr. Gower fez uma reverência. — Você é muito gentil, madame. Asseguro-lhe que gosto muito da casa, e se eles completassem sua generosidade me dando sua filha mais velha em casamento com um belo dote, eu não teria mais nada a desejar.

Este elogio trouxe rubor às bochechas da adorável Srta. Webb, que parecia, no entanto, obedecer seu pai & sua mãe. <u>Eles</u> mostravam-se encantados.

Por fim, a Sra. Webb, quebrando o silêncio, disse: — Nós nos curvamos sob um peso de obrigações para consigo que nunca poderemos pagar. Leve nossa menina, leve nossa Maria, e sobre ela deve recair a difícil tarefa de tentar retornar tanta beneficência. — O Sr. Webb acrescentou. — O dote dela não passa de dez mil libras, que é uma quantia quase pequena demais para ser oferecida.

Esta objeção, no entanto, foi instantaneamente removida pela generosidade do Sr. Gower, que se declarou satisfeito com a soma, Sr. & Sra. Webb, com sua filha mais nova se despediram, e no dia seguinte foram comemoradas as núpcias de sua mais velha com   Sr. Gower.

Este afável homem agora achava-se perfeitamente feliz; unido a uma jovem muito amável e digna, com uma bela fortuna, uma casa elegante, estabelecido na aldeia de Evelyn, & por isso capacitado a cultivar amizade com a Sra. Willis, ele poderia ter um desejo insatisfeito? Durante alguns meses descobriu que <u>não</u> podia, até que um dia, enquanto caminhava pela vegetação com Maria apoiada em seu braço, observaram uma rosa desabrochando no cascalho; caíra de uma roseira que, com três outras, fora plantada pelo Sr. Webb para dar uma variedade agradável ao caminho. Estas quatro roseiras serviam também para assinalar as divisões da vegetação para que todos soubessem em que ponto estava no percurso pela pastagem.

Maria abaixou-se para apanhar a bela flor, e a presenteou ao marido com toda a generosidade de sua família. — Meu querido, Frederic. — Disse ela. — Por favor, pegue esta rosa encantadora.

— Rosa! — Exclamou o Sr. Gower. — Oh! Maria, do que isso não me lembra! Ai minha pobre irmã, como eu negligenciei você!

A verdade era que o Sr. Gower era o único filho de uma família muito grande, da qual a Srta. Rose Gower era a décima terceira filha. Esta jovem, cujos méritos mereciam um destino melhor do que ela encontrou, era a queridinha de seus parentes pela limpidez de sua pele e o brilho de seus olhos, ela tinha todo o direito ao carinho parcial deles. Outra circunstância contribuiu para o amor que eles tinham por ela, e essa era uma das melhores cabeleiras do mundo.

Poucos meses antes do casamento de seu irmão, seu coração havia sido capturado pelas atenções e encantos de um jovem cuja alta posição e expectativas pareciam predizer objeções de sua família para um casamento que seria altamente desejável para a deles. Propostas foram feitas por parte do jovem, e objeções por parte de seu pai. Ele foi solicitado a retornar de Carlisle onde estava com sua amada Rose, para a casa da família em Sussex e lá foi obrigado a atender e a família irritada, então, descobrindo em sua conversa como ele estava determinado a não se casar com nenhuma outra mulher, enviou-o por quinze dias para a ilha de Wight sob os cuidados do capelão da família, com a esperança de superar sua insistência pelo tempo e ausência em um lugar desconhecido. Portanto eles se prepararam para dar um longo adeus à Inglaterra. O jovem nobre não teve permissão para ver sua Rosa[5].

Eles zarparam. Surgiu uma tempestade que confundiu as artes dos marinheiros. O navio naufragou na costa de Calshot e todas as almas a bordo pereceram.

O relato deste triste evento logo chegou a Carlisle, e a bela Rose foi afetada além absurdamente por ele.

---

[5] Jane usa *Rose* e *Rosa* ao se referir a esta personagem.

Foi para amenizar a dor dela obtendo uma foto de seu desafortunado amante que seu irmão viajou a Sussex, onde esperava que seu pedido não fosse rejeitado pelo severo e aflito Pai. Quando chegou a Evelyn, não estava a muitos quilômetros de Castelo —[6], mas os acontecimentos agradáveis que se abateram sobre ele naquele lugar o fizeram esquecer totalmente o objetivo de sua jornada & sua infeliz irmã por um tempo. O pequeno incidente da rosa, no entanto, trouxe tudo a respeito dela para sua lembrança novamente & ele se arrependeu amargamente de sua negligência. Voltou imediatamente para casa e agitado pela culpa, apreensão e vergonha escreveu a seguinte carta a Rosa.

14 de julho —. Evelyn
Minha querida irmã,
Como já se passaram quatro meses desde que deixei Carlisle, período durante o qual não lhe escrevi uma única vez, você talvez me acuse injustamente de negligência e esquecimento.
Ai! Eu coro quando assumo a verdade de sua acusação.
No entanto, se você ainda está viva, não pense muito mal de mim, ou suponha que eu poderia esquecer por um momento a situação de minha Rose. Acredite em mim, não mais te esquecerei, mas me apressarei o mais rápido possível para o Castelo — se eu souber por sua resposta que você ainda está viva.
Maria se junta a mim em todos os desejos obedientes e afetuosos, & eu termino, sinceramente
F. Gower.

Ele esperou na mais ansiosa expectativa por uma resposta à sua carta, que chegou assim que a grande distância até Carlisle permitia. Mas, infelizmente, não veio de Rosa.

Carlisle, 17 de julho —.
Querido irmão
Minha mãe tomou a liberdade de abrir sua carta para a pobre Rose, já que ela está morta há seis semanas. Sua longa ausência e silêncio nos trouxe grande inquietação e apressou-a para o túmulo.

---

[6] — *Castle*. Jane nunca deu nome ao lugar.

Sua viagem para o Castelo —, portanto, pode ser evitada.

Você não nos diz onde esteve desde o momento em que deixou Carlisle, nem de forma alguma explica sua tediosa ausência, o que nos surpreende um pouco.

Todas nós enviamos cumprimentos a Maria, e imploramos para saber quem ela é.

Sua afetuosa irmã,

M. Gower.

Esta carta, pela qual o Sr. Gower foi obrigado a atribuir a morte de sua irmã à sua própria conduta, foi um choque tão violento em seus sentimentos, que apesar de viver em Evelyn onde mal se ouviu falar da doença, ele foi atacado por um ataque de gota que o confinou ao seu próprio quarto oferecendo a Maria uma oportunidade de brilhar naquele personagem favorito de Sir Charles Grandison[7], a enfermeira.

Nenhuma mulher poderia ser mais amável do que Maria em tais circunstâncias e, por suas atenções incessantes, teve finalmente o prazer de vê-lo aos poucos recuperar o uso dos pés.

A bênção não passou despercebida para ele, pois assim que ele ficou em condições de sair de casa, montou em seu cavalo e foi para o Castelo — desejando descobrir se Sua Senhoria, o pai, poderia ter sido levado a consentir no casamento caso estivesse abrandado com a morte de seu filho e se ele e Rosa estivessem vivos. Sua amável Maria seguiu-o com os olhos até não poder mais vê-lo, e então, sobrecarregada de pesar, afundou em sua cadeira e descobriu que na ausência dele, ela não teve de nenhum conforto.

O Sr. Gower chegou tarde da noite ao Castelo, que era situado em um morro arborizado reinando sobre a bela vista do mar. O Sr. Gower não desgostou do lugar, embora certamente fosse muito superior ao de sua própria casa. Havia uma irregularidade na queda do terreno e uma profusão de madeira velha que lhe parecia inadequada ao estilo do castelo, pois sendo uma construção muito antiga, ele pensou que um pasto como o do Chalé Evelyn[8] formasse um contraste e ressaltasse a estrutura.

---

[7] Personagem principal do romance epistolar de Samuel Richardson. Diz-se que era a obra favorita de Jane na juventude e citada em várias obras da Juvenília.

[8] *Evelyn Lodge.* A casa do Sr. Gower não havia sido batizada antes desta menção.

A aparência sombria do velho castelo que pesava sobre ele o atingiu com terror enquanto seguiu pelo caminho sinuoso. Tampouco se julgou seguro até ser levado à sala de visitas onde a família estava reunida para o chá.

O Sr. Gower era um perfeito estranho para todos daquele círculo, mas embora fosse sempre tímido no desconhecido e facilmente aterrorizado quando sozinho, não lhe faltava aquela coragem mais necessária & nobre que lhe permitiu, sem corar, interagir no grande grupo de superiores sociais, a quem ele nunca tinha visto antes & tomar seu assento entre eles com perfeita indiferença.

O nome de Gower não era desconhecido para Lorde —[9]. Ele se sentiu incomodado e surpreso; no entanto, levantou-se e o recebeu com toda a polidez de um homem bem-educado. Lady —, que sentiu uma dor mais profunda pela perda de seu filho do que era capaz o coração duro do Lorde, mal pôde se conter quando descobriu que ele era o irmão da fina Rosa de Henry.

— Meu Lorde. — Disse o Sr. Gower assim que ele se sentou. — Está talvez surpreso ao receber uma visita de um homem que não poderia ter a menor expectativa de ver aqui. Mas minha irmã, minha infeliz irmã, é a verdadeira causa para que eu o incomode assim: aquela garota desafortunada agora faleceu – e embora ela não possa apreciar, mas eu desejo saber para a satisfação de sua família se a morte deste infeliz casal causou-lhe impacto em seu coração suficientemente forte para consentir no casamento deles que, em circunstâncias mais felizes sua senhoria não seria persuadido a fazê-lo supondo que ambos estivessem vivos.

Sua Senhoria pareceu perdido em ressentimento.

Lady — não suportou a menção de seu filho e saiu da sala em prantos; o resto da família permaneceu ouvindo atentamente, quase convencido de que o Sr. Gower estava distraído.

— Sr. Gower. — Respondeu o Lorde. — Esta é uma pergunta muito esquisita. Me parece que o senhor está supondo uma impossibilidade. Ninguém pode lamentar mais sinceramente a morte de meu filho do que eu sempre fiz, e me entristece muito saber que a morte da Srta. Gower foi acelerada pela dele. No

---

[9] Jane manteve só o traço, não deu nome ao Lorde em questão.

entanto, supor que eles estão vivos é destruir imediatamente o motivo para uma mudança em meus sentimentos em relação ao assunto.

— Meu Senhor, — respondeu o Sr. Gower enraivecido — vejo que é um homem inflexível demais e que nem mesmo a morte de seu filho pode fazê-lo desejar-lhe um futuro feliz. Não vou mais incomodá-lo, senhor. Eu vejo claramente que é um homem muito vil. E agora tenho a honra de desejar a todos os lordes e ladies uma boa noite.

Ele imediatamente partiu da sala esquecendo em sua raiva o adiantado da hora, que em qualquer outra circunstância o teria feito estremecer & deixando todo o grupo unânime na opinião de que ele estava louco.

Porém, quando ele montou em seu cavalo e os grandes portões do castelo haviam-no fechado do lado de fora, ele sentiu um tremor imenso passar em todo o seu corpo.

Se considerarmos sua real situação, sozinho, a cavalo, no avançado mês de agosto, e do dia - às nove horas, sem nenhuma luz para direcioná-lo, exceto a da lua quase cheia e as estrelas que o assustavam com seu cintilar, quem pode deixar de ter pena dele?

Nenhuma casa a menos de um quarto de milha[10], e um castelo sombrio escurecido pela sombra profunda de nogueiras e pinheiros atrás dele. Ele realmente sentiu quase vencido por seus medos e galopou todo o caminho de olhos fechados até que ele chegou à aldeia para evitar que visse ciganos ou fantasmas.

---

[10] Cerca de 400m.

Aqui termina o manuscrito deixado por Jane Austen.

*Porém, este caderno **contém duas continuações** escritas pelos sobrinhos de Jane.*
A primeira segue exatamente na mesma página onde Jane parou (a mudança na caligrafia é óbvia) e a outra está anexada no final do caderno.

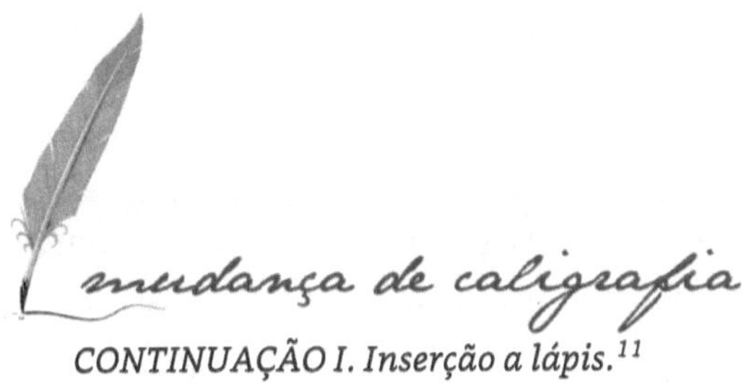

CONTINUAÇÃO I. Inserção a lápis.[11]

Ao voltar para casa, ele tocou a campainha, mas ninguém apareceu. Uma segunda vez ele tocou, mas a porta não foi aberta. Uma terceira & uma quarta com a mesma falta de sucesso, ele observou que a janela da sala de jantar estava aberta, ele pulou para dentro & seguiu pela casa até que ele chegou ao quarto de Maria, onde encontrou todos os criados reunidos para o chá.

Surpreendido por uma visão tão inusitada, ele desmaiou e ao se recuperar, viu-se no sofá com a criada de sua esposa ajoelhada ao seu lado e esfregando sua testa com água Húngara[12].

Pela criada ele descobriu que sua amada Maria tinha ficado tão triste com a separação deles que ela morreu de coração partido cerca de 3 horas depois que ele saiu.

Ele, então, se recompôs o suficiente para dar as ordens necessárias para o funeral dela, que aconteceu na segunda-feira seguinte, aquele sendo um sábado.

Quando o Sr. Gower decidiu a ordem do cortejo fúnebre, ele partiu para Carlisle, para dar vazão à sua tristeza no seio de sua família. Ele chegou lá com muita saúde & ânimo, depois de uma agradável viagem deliciosa de 3 dias e meio. Qual foi sua surpresa ao entrar na sala de café da manhã e ver Rosa, sua amada Rosa, sentada no sofá. Ao vê-lo, ela desmaiou e teria caído se um cavalheiro sentado de costas para a porta não tivesse dado um pulo & a salvado de ir no chão. Ela logo voltou a si &, então, apresentou esse cavalheiro a seu irmão como seu marido, um Sr. Davenport.

---

[11] Visível mudança de caligrafia atribuída a James Edward Austen, sobrinho de Jane e autor de 'A Memoir of Jane Austen' publicada em 1869 que incluía Lady Susan e alguns contos da Juvenília, principalmente do 1º Caderno. Acredita-se que Jane em pessoa deu a ele permissão para compor esta continuação nas frequentes visitas que ele fazia a ela em Chawton. Na época, James tinha por volta dos 17 anos, idade que Jane tinha ao compor a Juvenília.

[12] Água medicinal comum nos séculos XVII e XVIII feita da destilação de alecrim, vinho e álcool – entre outros ingredientes. Era usada para curar quase tudo, de dores de cabeça a falta de audição.

— Mas minha querida Rosa — disse o espantado Gower. — Pensei que você estivesse morta & enterrada.

— Ora, meu querido Frederick — respondeu Rosa. — Eu queria que você pensasse assim, esperando que você espalhasse a notícia por todo canto & de alguma forma, chegarsse ao Castelo —. Com isso eu esperava de alguma forma tocar os corações de seus habitantes. Foi somente anteontem que eu soube da morte do meu amado Henry pelo Sr. D — que concluiu me oferecendo sua mão. Eu aceitei com entusiasmo & casei-me ontem.

Sr. Gower abraçou sua irmã & apertou a mão do Sr. Davenport, e ele, então, deu um passeio pela cidade. Ao passar por uma taberna ele pediu de um copo de cerveja[13], que lhe foi trazido imediatamente por sua velha amiga Sra. Willis. Grande foi seu espanto ao ver a Sra. Willis. Grande foi a surpresa dele ao vê-la em Carlisle. Mas não esquecendo o respeito que lhe devia, ele se ajoelhou e recebeu o copo espumoso dela, mais precioso para ele do que néctar.

Ele instantaneamente lhe fez uma oferta de sua mão & coração, que ela graciosamente condescendeu em aceitar, dizendo-lhe que ela estava apenas em uma visita ao seu primo, que cuidava do Anchor e estaria pronta para retornar para Evelyn, assim que ele quisesse. Na manhã seguinte eles se casaram & imediatamente rumaram para Evelyn. Quando ele chegou em casa, se lembrou que nunca havia escrito para o Sr. e a Sra. Webb para lhes informar da morte de sua filha, o que ele supôs acertadamente que eles não souberam já que nunca apreciavam nenhum jornal. Ele imediatamente despachou a seguinte carta:

Evelyn — 19 de agosto de 1809 —
Querida Senhora,
Como palavras podem expressar a pungência dos meus sentimentos! Nossa Maria, nossa amada Maria não existe mais. Ela deu seu último suspiro, no sábado, 12 de agosto. Vejo-a agora em agonia de dor, lamentando não a sua, mas a minha perda. Descanse aliviada, eu estou feliz, tomado de sentimento por minha adorável Sarah. O que mais posso desejar?

---

[13] *Pot of beer* – copo de aproximadamente 300ml.

Eu permaneço
respeitosamente seu,
F. Gower

Edifícios Westgate - 22 de agosto -
Generoso, o melhor dos homens,
Como realmente nos alegramos ao saber de seu presente bem-
estar & felicidade! Quão verdadeiramente gratos somos por sua
generosidade incomparável em escrever condolências para conosco
pelo azarado acidente que aconteceu com nossa finada Maria. Eu
anexei uma ordem de pagamento de nosso banqueiro para 50 libras,
que o Sr. Webb se junta a mim na súplica para que a você e a amável
Sarah que aceitem.
Sua mais grata,
Anne Augusta Webb

O Sr. e a Sra. Gower residiram muitos anos em Evelyn, desfrutando de perfeita felicidade, a justa recompensa de suas virtudes. A única alteração que ocorreu em Evelyn foi que o Sr. a Sra. Davenport se instalaram na casa que anteriormente pertenceu a Sra. Willis & foram por muitos anos proprietários da estalagem White Horse.

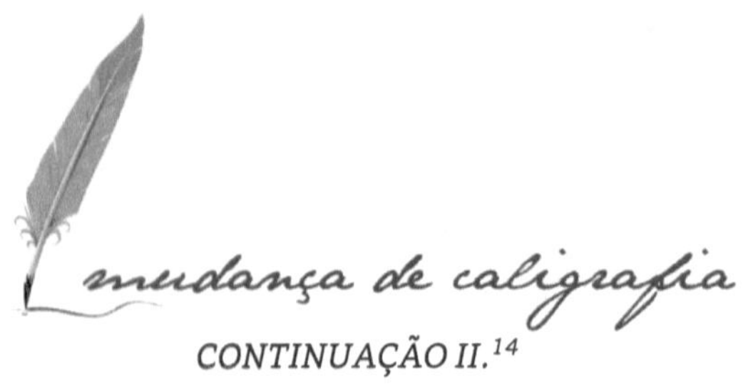

CONTINUAÇÃO II.[14]

Ao reentrar em seu domínio circular, seu refúgio de paz perpétua, onde o prazer não tinha fim e a calamidade não tinha começo, o espírito dele tornou-se maravilhosamente sereno, e uma calma deliciosa se estendeu por todos os nervos.

Com seu lenço de bolso (que havia sido bordado pela talentosa e muito suscetível Rosa) ele enxugou a umidade mórbida de sua testa; então, voou para o quarto de sua Maria.

E, <u>ela</u> não voou para conhecer seu Frederick? Ela não se lançou do sofá em que se reclinava tão graciosamente e, saltando como uma corça ágil sobre o pequeno puff, precipitou-se em seus braços? Embora desmaiando entre cada sílaba, ela não murmurou entrecortadamente o nome adorado de Frederick?

Quem de percepção tão obtusa a ponto de não entender a cena tocante? Quem, de ouvido tão indiferente não captou o suave murmúrio da voz de Maria?

Ah! Quem? O coração de todo leitor de empatia repete, Ah, quem? Eco vão! Empatia vã!

Não há encontro – não há murmúrio – não há Maria – não está no poder da linguagem, por mais potente que seja; nem de estilo, por mais difuso que seja, que faça justiça ao espanto do Sr. Gower.

Armando-se com uma régua de mogno, que alguma fatalidade havia colocado sobre a escrivaninha de Maria, e chamando repetidamente seu amado nome, ele correu para examinar os aposentos adjacentes.

No quarto de sua saudosa, ele teve a satisfação melancólica

---

[14] Visível mudança de caligrafia atribuída (possivelmente) a Anna Lefroy, sobrinha de Jane e meia irmã de James Edward (autor das outras continuações), filha do primeiro casamento do irmão James e que casou com um sobrinho de Tom Lefroy, o rapaz que encantou Jane na juventude (quase meia década após este caderno ser passado a limpo). Anna seguiu os passos da tia querida e publicou vários livros, dentre eles 'Recollection of Aunt Jane' (1864) e 'The Winter's Tale' (1841). Talvez esta continuação (incompleta) tenha sido escrita em 1814, pois foi quando ela casou e adotou o sobrenome do marido.

de pegar um papel de cachear cabelo, e uma rajada de vento, ao entrar no quarto, varreu da mesa e colocou aos seus pés um nó de seda preta: esses eram os únicos vestígios de Maria!!

Cuidadosamente trancando as portas desse quarto agora desolado, enterrando a chave no fundo do bolso de seu colete, e o mistério do desaparecimento de Maria ainda mais fundo em seu coração, Sr. Gower deixou seu outrora feliz lar, e comprou uma refeição e uma cama na casa da hospitaleira Sra. Willis.

Havia uma opressão em seu peito que o deixava extremamente desconfortável. Lamentou que, ao invés do novelo de seda cuidadosamente embrulhado no papel de cachear e colocado debaixo do travesseiro, ele não tivesse tomado láudano[15]. Teria sido, com toda a probabilidade, mais eficaz.

Por fim, o Sr. Grower dormiu um sono inquieto e no decorrer do tempo ele sonhou um sonho conturbado. Ele sonhou com Maria, como não poderia? Ela estava ao lado de sua cama, vestindo sua camisola, em uma mão segurava um livro aberto, com o dedo indicador da outra ela apontava para esta passagem sinistra:

"Às vezes é um vazio que nos aborrece; às vezes é um peso que nos oprime". [16]

O desafortunado Frederick soltou um gemido profundo & enquanto a visão fechava o livro, ele observou esses caracteres estranhamente impressos na capa: Rolandi – Rua Berners[17].

Quem era esse perigoso Rolandi? Sem dúvida vilão ou um monge – possivelmente ambos – e o que ele era para Maria? Em vão ele imaginou o pior, e fez a pergunta fatal. A aparição de Maria ergueu o dedo em riste e interditou a fala.

No entanto, algumas palavras ela falou, ou parecia falar. O Sr. Gower conseguiu distinguir apenas estas: procurar – armário – prateleira de cima.

Mais uma vez ele tentou falar, mas era tudo perplexidade.

---

[15] Remédio popular na época a base de ópio e usado para curar quase todos os males, de depressão a tosse, em qualquer pessoa, de bebês a idosos.

[16] "Tantôt c'est un vide; tantôtqui nous Ennuie; tantôt c'est un poidsqui nous oppresse". Citação de *Laure ou lettres de quelques personnes de Suisse'* de Samuel de Constant (1787)

[17] Livreiro italiano bem conhecido em Londres, Pietro Rolandi.

Ele ouviu estranhos sons demoníacos; assobiando e cuspindo, sentiu um cheiro sobrenatural, a agonia tornou-se insuportável, e acordou.

Maria havia desaparecido; a vela de talo estava expirando no suporte[18]; e a benevolente Sra. Willis entrando em seu quarto, abriu as cortinas, e de acordo com o próprio calor do seu coração, admitiu o brilho de um sol de uma manhã de verão.

JAEL[19]

Mas o que ele encontrou ao reentrar naquele círculo de morada pacífica, aquele refúgio de paz perpétua?

---

[18] *Rush light was expiring in the socket*

[19] Jane Anna Elizabeth Lefroy

Para Srta. Austen

Madame,

Encorajada por seu caloroso patrocínio a *A linda Cassandra*[20] e a *A história da Inglaterra*[21], que por seu generoso apoio obtiveram lugar em todas as bibliotecas da Inglaterra e avançam a sessenta edições, eu tomo a liberdade de pedir-lhe o mesmo empenho a favor deste romance, que eu humildemente me convenço possuir mérito além de qualquer um já publicado ou qualquer que por ventura aparecerá no futuro, exceto os que possam vir da pena desta sua mais grata e humilde criada,

A autora.

Steventon, Agosto de 1792 —

---

[20] Conto incluído no Volme 1 da Juvenília dedicado a Cassandra, única irmã mulher de Jane a homônima da heroína desmiolada.

[21] Conto incluído no Volume 2 da Juvenília dedicado a Cassandra, única irmã mulher de Jane.

Ackermann's Repository - Fashion Plates - início do século XIX - em domínio público.

CATHARINE, OU O CARAMACHÃO

Kitty, ou o Caramanchão[22]

Catharine ~~Kitty~~ teve a infelicidade, como muitas heroínas antes dela, de perder seus pais quando era muito jovem e de ser criada sob os cuidados de uma tia solteirona que, embora a amasse ternamente, vigiava a conduta da garota com escrutínio tão severo a ponto de tornar muito duvidoso para muitas pessoas, para Catharine ~~Kitty~~ entre estas, se ela amava a sobrinha ou não.

Frequentemente ela fora privada de prazeres reais por causa dessa cautela ciumenta, às vezes fora obrigada a abrir mão de um baile porque um oficial poderia estar lá, ou uma dança com um parceiro apresentado por sua tia, ao invés de um de sua própria escolha.

Mas sua disposição era naturalmente boa, dificilmente ficava deprimida, e ela possuía tal vivacidade e bom humor que só poderiam ser abafados por alguma amolação muito séria. Além desses antídotos contra todas as decepções e consolações sob eles, ela tinha outro que lhe proporcionava alívio constante em todos os seus infortúnios, e esse era um belo e fresco caramanchão[23], fruto de seus próprios esforços infantis ajudados pelos de duas jovens companheiras que residiam na mesma aldeia.

Para este caramanchão ~~jardim~~[24] que finalizava um passeio muito agradável e reservado no jardim de sua tia, ela vagava sempre que algo a perturbava. Ele possuía tal encanto sobre seus sentidos que constantemente tranquilizava sua mente & acalmava seus espíritos. Em seu quarto talvez privacidade &

---

[22] No índice, Jane usou *'Kitty, or the Bower'* assim como neste subtítulo (está riscado no original)

[23] *Fine shady bower:* O trope *'locus amoenus'* (latim para lugar agradável) lida com um lugar idealizado, um refúgio de segurança e conforto, perto da natureza e, por isso, está relacionado aos poderes regenerativos da sexualidade humana no que se refere ao brotar de flores, primavera, etc. Aqui está a figura de um caramanchão: pequena edificação aberta e arejada, geralmente de madeira, coberta por pergolado e recoberta de vegetação; treliçado.

[24] Palavra riscada e substituída por caramanchão, o que reforça a tese do uso do trope *locus amoenus*, porém com a conotação de esconderijo, lugar protegido dos olhos de estranhos.

reflexão tivessem o mesmo efeito, mas tal pensamento nunca ocorreu a Kitty por hábito fortalecido na ideia que seu capricho havia sugerido pela primeira vez, ela estava firmemente convencida de que somente seu caramanchão poderia curá-la.

Sua imaginação era fértil e em suas amizades, bem como em tudo na sua mente, ela era entusiasmada. Este amado caramanchão tinha sido o trabalho unido dela mesma e de duas amáveis garotas, por quem desde os primeiros anos ela sentia a mais terna consideração. Eram as filhas do clérigo da paróquia cuja família, enquanto ali permaneceu, manteve amizade bem íntima com sua tia, e as menininhas, separadas durante a maior parte do ano pelos diferentes modos de educação, eram constantemente unidas durante as férias das senhoritas Wynnes. ~~Elas eram companheiras nas caminhadas, esquemas & diversões, e enquanto a doçura de seus temperamentos havia impedido qualquer briga séria, disputas triviais impossíveis de evitar estavam longe de diminuir a amizade.~~ Talvez separada para sempre daquelas queridas amigas, mais do que qualquer outro lugar, este caramanchão construído naqueles dias de infância feliz, agora tantas vezes lamentada por Kitty, encorajava de uma forma tão dolorosa, mas tão reconfortante, as lembranças ternas e melancólicas de horas tornadas agradáveis por _elas_!

Fazia agora dois anos desde a morte do Sr. Wynne e a consequente dispersão de sua família que havia sido deixada em grande aflição por isso. Elas foram reduzidas a um estado de absoluta dependência de alguns parentes que, embora muito ricos e quase íntimos delas, foram persuadidos a contribuir com qualquer coisa para o seu sustento com dificuldade. A Sra. Wynne foi felizmente poupada do conhecimento & participação de sua angústia, por sua libertação de uma doença dolorosa alguns meses antes da morte de seu marido.

A filha mais velha foi obrigada a aceitar a oferta de um de seus primos para uma posição nas Índias Orientais e, infinitamente contra suas inclinações, foi necessário abraçar a única possibilidade que lhe foi oferecida de sobrevivência. No entanto, era _uma_ tão oposta a todas as suas ideias de decoro, tão contrária aos seus desejos, tão repugnante aos seus sentimentos, que ela quase teria preferido servidão a isso, se a escolha tivesse sido permitida a ela.

Seus charmes pessoais lhe renderam um marido assim que ela chegou a Bengala, e ela estava casada havia quase doze meses. Esplendidamente, mas infeliz no casamento. Unida a um homem do dobro de sua idade, cuja disposição não era amável e cujas maneiras eram desagradáveis, embora seu caráter fosse respeitável. Kitty tinha sabido duas vezes de sua amiga desde o casamento, mas suas cartas eram sempre insatisfatórias, e embora ela não confessasse abertamente seus sentimentos, cada linha provava que ela estava infeliz. Ela não falava com prazer de nada, a não ser daquelas diversões que elas tinham compartilhado juntas e que não podiam mais ter, e parecia não ter nenhuma felicidade em vista, a não ser a de retornar à Inglaterra.

Sua irmã fora levada por outra parente, a viúva Lady Halifax, como companheira de suas filhas, e acompanhara a família à Escócia mais ou menos na mesma época em que Cecília deixara a Inglaterra. De Mary, portanto, Kitty tinha o poder de ouvir com mais frequência, mas suas cartas eram pouco mais confortáveis. Não havia, de fato, aquela triste desesperança em sua situação como em sua irmã; ela era solteira e ainda podia esperar uma mudança em suas circunstâncias; mas no momento não tinha qualquer esperança disso por estar numa família onde, embora fossem todas parentes, ela não tinha nenhum amigo, e escrevia em termos geralmente deprimidos, para os quais a distância e o casamento de sua irmã muito contribuíram.

Separada assim das duas pessoas que ela mais amava na Terra, enquanto Cecília & Maria eram ainda mais queridas por sua ausência, tudo o que trazia uma lembrança delas era duplamente acalentada & os arbustos que elas plantaram, e os presentinhos que elas deram foram tornados sagrados.

A ocupação e renda de Chetwynde estavam agora na posse de um Sr. Dudley, cuja família, ao contrário dos Wynnes, produzia apenas amolação e problemas para a Sra. Percival ~~Peterson~~[25] e sua sobrinha. O senhor Dudley, que era o filho mais novo de uma família muito nobre, uma família mais famosa por seu orgulho do

---

[25] Jane parece ter decidido mudar o nome dessa tia zelosa, mas falhou em trocar em todos os lugares. Há indícios em uma carta para sua irmã Cassandra que sugerem que Jane fez esta alteração em 1808 (16 anos depois que este caderno foi passado a limpo) porque conheceu um médico novo, Dr. Percival, filho de Thomas Percival, autor de *A father's instructions consisting of moral tales, fables and reflections designed to promote the Love of virtue*.

que por sua riqueza, obstinado com sua dignidade e ciumento de seus direitos, estava sempre brigando, se não com a própria senhora P., com seu capataz e arrendatários quanto aos dízimos, e com os vizinhos principais quanto ao respeito e exigindo hierarquia. Sua esposa, uma mal educada e inculta mulher de família antiquíssima, tinha orgulho de suas origens quase sem saber a razão e, como ele, era arrogante e briguenta, sem considerar para quê. Sua única filha, que herdou a ignorância, a insolência e o orgulho de seus pais, era de beleza pela qual ela era irracionalmente vaidosa, considerada por eles como uma criatura irresistível, e tida como a futura restauradora, por um casamento esplêndido, da dignidade reduzida pela situação do senhor Dudley, tão diminuída pelo fato dele ter sido obrigado à carreira religiosa em uma Igreja no interior.

Eles imediatamente desprezaram as Percivals como pessoas de família ruim e as invejaram como pessoas de fortuna. Eles tinham ciúmes delas serem mais respeitadas do que eles mesmos e, embora fingissem considerá-las sem importância, estavam continuamente procurando diminuí-las na opinião da vizinhança por meio de histórias escandalosas e maliciosas.

Uma família como essa era incapaz de consolar Kitty pela perda das Wynne ou para preencher a falta da sua companhia naquelas horas ocasionalmente aborrecidas que, em um local ermo, às vezes ocorria por falta de uma amiga.

Sua tia gostava muito dela e se sentia infeliz se a visse por um momento desanimada. No entanto, ela ficava tão insatisfeita com seu comportamento quando a via com rapazes, pois era, por sua natural disposição, notavelmente aberta e sem reservas. A tia vivia em apreensão constante por um casamento imprudente se lhe fosse concedida a oportunidade de escolher e, embora frequentemente desejasse – para o bem de sua sobrinha - que a vizinhança fosse maior, e que ela se acostumasse a se misturar mais, ainda assim a lembrança de haver homens jovens em quase todas as famílias sempre vencia.

Os mesmos temores que impediam a Sra. Peterson de frequentar muito a sociedade de seus vizinhos levavam-na igualmente a evitar convidar seus parentes para visitar sua casa. Por isso ela repelia constantemente a tentativa anual de um parente distante de visitá-la em Chetwynde, pois havia um rapaz na família de quem ela ouvira muitos relatos que a alarmaram. Este filho, entretanto, estava agora viajando, e as repetidas solicitações de Kitty somadas a uma consciência de ter recusado com muito pouca cerimônia os frequentes pedidos de seus amigos para serem recebidos e um desejo real dela mesma em vê-los, a fizeram decidir receber uma visita deles durante o verão com grande satisfação.

Portanto, Sr. & Sra. Stanley estavam para chegar, e Catharine ficou tão encantada e tão animada por ter um objetivo em vista, aguardar algo que deveria inevitavelmente aliviar a monotonia de um constante tête-à-tête[26] com sua tia, que durante os três ou quatro dias que antecederam a chegada deles ela mal pôde se fixar em qualquer atividade. Neste ponto a sra. Percival sempre a considerou deficiente e frequentemente se queixava de falta de firmeza e perseverança em suas ocupações, que não eram de modo algum compatíveis com a avidez da disposição de Kitty, e talvez difíceis de serem encontradas em qualquer jovem. O tédio também da conversa de sua tia e a falta de companhia agradável aumentavam muito esse desejo de mudança em sua atenção, pois Kitty se cansava mais rápido de ler, bordar[27] ou desenhar na sala da Sra. Peterson do que no seu caramanchão onde a Sra. Peterson nunca a acompanhava por medo da umidade.

Como sua tia se orgulhava do exato decoro e correção com que tudo em sua família era conduzido, e não tinha maior satisfação do que saber que sua casa estava sempre em ordem, pois sua fortuna era boa e sua renda ampla, poucos foram os preparativos necessários para a recepção de seus visitantes.

O tão esperado dia finalmente chegou, e o barulho da grande carruagem de quatro cavalos ao passar pela curva foi para Catherine[28] um som mais interessante do que a música de uma ópera Italiana, que para a maioria heroínas é o ápice do prazer.

Sr. & Sra. Stanley eram pessoas de grande fortuna e alta elegância. Ele era um membro da Câmara dos Comuns, e portanto, eles tinham extrema necessidade de residir metade do ano na

---

[26] Francês. Conversa particular e/ou íntima entre duas pessoas.

[27] *Reading, working or drawing.* Por 'work' subentende-se, work on embroidery.

[28] Jane varia a grafia entre *Catharine* e *Catherine.*

cidade; onde a Srta. Stanley havia sido assistida pelos mais importantes mestres desde os seis anos de idade até a última primavera, compreendendo um período de doze anos dedicados à aquisição de refinamentos que agora seriam exibidos e em poucos anos inteiramente negligenciados. Ela elegante em sua aparência, bastante bonita, e naturalmente não deficiente em habilidades; mas aqueles anos que deveriam ter sido gastos na obtenção de conhecimento útil e aprimoramento mental, foram todos dedicados ao aprendizado de desenho, Italiano e música, mais especialmente esta última, e ela agora unia a essas habilidades uma compreensão rudimentar da leitura e uma mente totalmente desprovida de gosto ou opinião. Seu temperamento era bom por natureza, mas sem a ajuda do raciocínio, ela não tinha paciência para decepção, nem podia sacrificar suas próprias vontades para promover a felicidade dos outros. Ela só pensava na elegância de sua aparência, a moda de seu vestido e a admiração que ela desejava que despertassem. Ela professava amor por livros sem leitura, era animada sem sagacidade, e geralmente bem-humorada sem mérito.

Assim era Camilla Stanley; e Catherine, tomada de preconceito por sua chegada e por sua situação solitária, estava pronta a gostar de qualquer um, embora seu entendimento e julgamento não fossem facilmente satisfeitos em outras circunstâncias; quando viu a senhorita Stanley sentiu-se quase convencida que seria a companheira que ela queria e, em certa forma, compensaria a perda de Cecília e Mary Wynne.

Ela então se aproximou de Camilla no momento de sua chegada e por serem as únicas jovens da casa elas foram companheiras constantes por inclinação. Kitty era uma boa leitora, embora talvez não muito dedicada, e, portanto, sentiu-se muito feliz ao descobrir que a Srta. Stanley também gostava de ler. Ávida por saber se seus gostos por livros eram similares, ela logo questionou sua nova amiga sobre o assunto; mas, embora ela própria tivesse lido bastante história moderna, preferiu falar primeiro de livros de um tipo mais leve, de livros universalmente lidos e admirados. ~~e que deram origem talvez a conversas mais frequentes do que qualquer outro do mesmo tipo.~~

— Você leu os romances da Sra. Smith[29], suponho? — Disse ela a sua companheira.

— Oh, sim! — Respondeu a outra. — E estou bastante encantada com eles. São as coisas mais doces do mundo...

— E qual deles você prefere?

— Oh! Minha nossa, acho que não há comparação entre eles. Emmeline é muito melhor do que qualquer um dos outros.

— Muitas pessoas pensam assim, eu sei; mas não me parece uma desproporção tão grande em seus méritos para mim; você acha que é melhor escrito?

— Oh! Eu não sei nada sobre isso, mas é melhor em tudo. Além do mais, Ethelinde é tão longa...

— Essa é uma objeção muito comum, acredito — disse Kitty. — Mas, de minha parte, se um livro é bem escrito, sempre o acho curto demais.

— Eu também, só que me canso dele antes de terminar.

— Mas você não achou a história de Ethelinde muito interessante? E as descrições de Grasmere[30], não são lindas?

— Oh! Eu nem prestei atenção nelas porque eu estava com tanta pressa para saber o fim da história. — Então, em uma transição fácil, ela acrescentou: — Nós estamos indo para os lagos neste outono, e estou muito louca de alegria; Sir Henry Devereux prometeu ir conosco e isso vai fazer tudo tão agradável, você sabe...

— Atrevo-me a dizer que sim, mas acho que é uma pena que os agradáveis poderes de Sir Henry não tenham sido reservados para uma ocasião em que eles poderiam ser mais necessários. No entanto, eu te invejo no prazer de tal esquema.

— Oh! Estou muito animada com as possibilidades disso; não consigo pensar em mais nada. Garanto-lhe que não fiz nada neste último mês além de planejar quais roupas devo levar comigo, e finalmente decidi levar muito poucas além do meu traje de viagem, e assim te aconselho a fazer quando você for, pois pretendo fazer algumas peças especiais no caso aparecer qualquer

---

[29] Charlotte Smith, autora inglesa dos séculos XVIII e XIX. Dentre suas obras publicadas até 1792 (ano deste volume), estão 'Emmeline, or the orphan of the castle', 'Ethelinde, or the recluse of the lake', 'Celestina', 'Desmond'.

[30] Abadia de Grasmere, local fictício onde residem os principais personagens do romance 'Ethelinde'

corrida, ou pararmos em Matlock ou Scarborough[31].

— Você pretende então entrar em Yorkshire?

— Não acredito. Na verdade, não sei nada sobre o caminho, pois nunca me preocupo com essas coisas. Só sei que devemos ir de Derbyshire a Matlock e Scarborough, mas para qual deles primeiro, não sei nem me importo. Estou na esperança de encontrar alguns amigos meus em Scarborough. Augusta me disse em sua última carta que Sir Peter falou em ir, mas sabe, é tão incerto. Eu não posso suportar Sir Peter, ele é uma criatura tão horrível...

— Ele _é_, é mesmo? — disse Kitty, sem saber mais o que dizer.

— Oh! ele é bastante escandaloso[32].

Aqui a conversa foi interrompida e Kitty foi deixada em uma dolorosa incerteza quanto aos detalhes do caráter de Sir Peter; ela sabia apenas que ele era horrível e escandaloso, mas por que e em que, ficou a ser descoberto. Mal conseguia resolver o que pensar de sua nova conhecida; ela parecia ser vergonhosamente ignorante quanto à geografia da Inglaterra, se ela a entendeu direito, e igualmente desprovida de gosto e informação. Kitty, no entanto, não estava disposta a decidir apressadamente; ela estava ao mesmo tempo desejosa de fazer justiça à Srta. Stanley e de ter seus próprios desejos nela atendidos; portanto, ela decidiu suspender toda decisão por algum tempo.

Depois do jantar, a conversa se voltando para o estado das coisas no mundo político, a senhora P., que era firmemente da opinião de que toda a raça da humana estava se degenerando, disse que, por sua vez, tudo o que ela acreditava estava indo de mal a pior, foi destruída toda a ordem sobre a face do Mundo, que ela tinha ouvido que a Câmara dos Comuns às vezes ficava em sessão até às cinco da manhã, e a depravação nunca antes fora tão ampla; e concluiu com o desejo de que ela pudesse viver para ver os costumes do reinado da rainha Elizabeth fossem restaurados novamente.

---

[31] Cidades famosas por sua movimentação turística. Matlock fica em Derbyshire (região da fictícia Pemberley, propriedade de Sr. Darcy, do romance Orgulho e Preconceito que Jane escreveria 4 anos depois desde conto) e Scarborough em Yorkshire, nordeste da Inglaterra.

[32] _Quite shocking._

— Bem, madame, — disse sua sobrinha — ~~acredito que você tem uma chance tão boa quanto qualquer outra pessoa~~ mas espero que não se refira ao tempo de restaurar a própria rainha Elizabeth[33].

— Rainha Elizabeth — disse a Sra. Stanley — que nunca se arriscou a fazer um comentário sobre História que não fosse bem fundamentado, viveu até a velhice e foi uma mulher muito inteligente.

— Verdade, senhora, — disse Kitty — mas eu não considero nenhuma dessas circunstâncias tão meritórias em si mesmas, e elas estão muito longe de me fazer desejar seu retorno, pois se ela vivesse novamente com as mesmas habilidades e a mesma boa saúde, ela pode fazer tanto mal e durar tanto quanto antes. — Então, virando-se para Camilla, que estava sentada em silêncio por algum tempo, disse: — O que _você_ acha de Elizabeth, Srta. Stanley? Espero que não a defenda.

— Oh, minha nossa! — Disse Srta. Stanley. — Eu não sei nada de política e não posso suportar ouvir mencionar.

Kitty estremeceu com essa repulsa, mas não deu uma resposta; estava perfeitamente convencida de que a Srta. Stanley devia ignorar o que não conseguia distinguir da Política. Ela Foi para seu quarto perplexa na impressão de sua nova conhecida e temerosa dela ser muito diferente de Cecília e Mary.

Na manhã seguinte ela teve a convicção mais completa disso, e cada dia futuro a aumentava. Ela não encontrou variedade na conversa de Camilla; ela não recebeu nenhuma informação dela a não ser em modismos, e nenhuma diversão a não ser sua performance no cravo[34]; e depois de repetidos esforços para encontrar o que desejava, ela foi obrigada a desistir da tentativa e considerá-la infrutífera.

De vez em quando surgia algo parecido com humor em Camilla, que a inspirava esperanças de que ela pudesse pelo menos ter uma inteligência natural, embora não refinada. Mas esses lampejos de astúcia aconteciam tão raramente e eram tão

---

[33] Elizabeth I, Rainha da Inglaterra e Irlanda de 1588 a 1603, odiada por Jane, que era fã de Mary, Rainha da Escócia e prima de Elizabeth. Veja o conto 'História da Inglaterra' no Volume 2 desta coleção.

[34] Instrumento musical similar a um piano.

desconexos que ela finalmente se convenceu de que eles eram meramente acidentais. Todo o seu estoque de conhecimento se esgotou em poucos dias, e quando Kitty soube quão grande era a casa deles na cidade, quando começavam os eventos sociais da moda, quem eram as beldades celebradas e o melhor chapeleiro, Camilla não tinha mais nada a ensinar, exceto as personalidades de qualquer um de seus conhecidos como cabiam na conversa, o que era feito com igual facilidade e brevidade, dizendo que a pessoa era a criatura mais doce do mundo de quem ela gostava muito, ou horrível, escandalosa e indigna de ser recebida.

Catherine queria muito obter todas as informações possíveis sobre os membros da família Halifax, e pensou que a Srta. Stanley deveria ser conhecida deles já que parecia ser de qualquer pessoa de relevância. Um dia quando Camilla estava enumerando todas as pessoas de posição que sua mãe visitava, ela tomou a oportunidade de perguntar-lhe se Lady Halifax estava entre essas.

— Oh! Obrigado por me lembrar dela, ela é a mulher mais doce do mundo, e uma de nossas conhecidas mais íntimas; eu não suponho que um dia passe durante os seis meses que estamos na cidade que não nos vemos uma a outra. E eu me correspondo com todas as garotas.

— Eles são, então, uma família muito agradável? — Disse Kitty. — Eles devem ser assim mesmo para permitir encontros tão frequentes, ou deve acabar todo assunto.

— Oh! Minha nossa, de jeito nenhum. — Disse Srta. Stanley. — Algumas vezes nós não nos falamos por um mês inteiro. Nós nos encontramos apenas em público talvez, e então você sabe que muitas vezes nem sempre conseguimos obter perto o suficiente; mas, nesse caso, sempre acenamos a cabeça & sorrimos.

— O que serve tão bem. Mas eu ia perguntar se você já viu uma Srta. Wynne com eles?

— Eu sei perfeitamente quem você quer dizer. Ela usa um chapéu azul. Eu frequentemente a vi em Brook Street durante o inverno, quando eu estive nos bailes mensais de Lady Halifax. Mas pense na bondade dela em abrigar a Srta. Wynne, pois ela é uma parente muito distante e tão pobre que, como a Srta. Halifax me disse, sua mãe a recebeu com a roupa do corpo. Não é vergonhoso?

— Que ela seja tão pobre? É de fato, com conexões tão ricas como a família tem.

— Oh! Não; quero dizer, não foi vergonhoso da parte do Sr. Wynne deixar suas filhas tão destituídas quando na verdade ele tinha a renda de Chetwynde e dois ou três vicariatos, e apenas quatro filhos para sustentar. O que ele teria feito se tivesse dez, como muitas pessoas têm?

— Ele teria dado a todos uma boa educação e os teria deixado igualmente pobres.

— Bem, eu acho que nunca houve uma família tão sortuda. Sir George Fitzgibbon, você sabe, enviou a garota mais velha para a Índia por conta própria onde dizem que ela é muito bem casada, a criatura mais feliz do mundo. Lady Halifax, você vê, cuidou da mais jovem e a trata como se fosse sua filha, ela não sai em público com ela, está certo; mas ela está sempre presente quando sua Senhoria anfitriona bailes, e ninguém pode ser mais gentil com ela do que Lady Halifax. Ela a teria levado para Cheltenham no ano passado se houvesse lugar nas acomodações, e, portanto, eu não acho que ela possa ter algo para reclamar. Então, há os dois filhos, um deles o Bispo de M.—[35] enviou para o exército ~~marinha~~ como tenente, suponho; e eu sei que o outro está extremamente bem, pois notei que alguém o colocou na escola em algum lugar no País de Gales. Talvez você os conhecesse quando eles moravam aqui?

— Muito bem. Nós nos víamos com a mesma frequência que sua família e os Halifaxes na cidade, mas como raramente tínhamos dificuldade em nos aproximar o suficiente para falar, raramente faziamos apenas aceno de cabeça & sorriso. Eles eram de fato uma família muito encantadora, e acredito que dificilmente haja igual no mundo. Os vizinhos que temos agora na casa paroquial estão em maior desvantagem por terem vindo depois deles.

— Oh, horríveis miseráveis! Eu me pergunto se você consegue suportá-los.

— Por que, o que você quer que se faça?

— Oh! Senhor, se eu estivesse em seu lugar, eu falaria mal deles o dia todo.

---

[35] Jane não escolheu mais do que a inicial para este personagem.

— Isso eu faço, mas não adianta nada.

— Bem, eu declaro que é uma pena que eles devam sofrer para viver. Eu gostaria que meu pai lhes desse uma lição, um dia desses quando ele estiver na casa. Tão abominavelmente orgulhosos de sua família! E devo dizer que, afinal, não há nada de especial neles.

— Oras, sim, eu acredito que eles têm motivos para se valorizarem, pois você sabe que ele é o irmão de Lord Amyatt.

— Oh! Eu sei bem disso, mas não é motivo para eles serem tão horríveis. Eu me lembro de ter conhecido Miss Dudley na primavera passada com Lady Amyatt em Ranelagh, e ela estava com um chapéu tão assustador que eu nunca fui capaz de suportar qualquer um deles desde então. Mas, então você achava que os Wynnes eram muito agradáveis?

— Você fala como se fosse algo duvidoso! Agradável! Oh! Eles eram tudo o que podia interessar em uma amizade. Não está em meu poder fazer justiça aos méritos deles, embora não os sinta, acho que deve ser impossível. Eles me desqualificaram para qualquer companhia que não fosse a deles!

— Bem, isso é exatamente o que eu penso das senhoritas Halifax. A propósito, devo escrever para Caroline amanhã, e não sei o que dizer a ela. As Barlows também são apenas outras garotas doces; mas eu gostaria que o cabelo de Augusta não fosse tão escuro. Não posso suportar Sir Peter — horrível desgraçado! Ele está <u>sempre</u> de cama com a gota[36], que é extremamente desagradável para a família.

— E, talvez não muito agradável para <u>ele</u>. Mas quanto aos Wynne, você realmente os acha muito afortunados?

— Eu acho? Oras, todo mundo não acha? Senhoritas Halifax & Caroline & Maria dizem que são as criaturas mais sortudas do mundo. Assim como Sir George Fitzgibbon e todo mundo também.

— Isto é, todo corpo que se concedeu um favor a eles. Mas você chama de sorte, para uma garota de inteligência & sensibilidade ser enviada em busca de um marido para Bengala, para se casar lá com um homem cuja disposição ela não tem

---

36 'A doença dos cavalheiros', artrite gotosa é uma doença inflamatória causada pelo excesso de ácido úrico no sangue, bastante comum na época de Jane. Uma das causas é o consumo excessivo de açúcar, carnes vermelhas e álcool.

oportunidade de julgar até que seu julgamento seja inútil para ela, que pode ser um tirano ou um tolo, pelo pouco que ela sabe. Você chama isso de sorte?

— Não sei nada disso; só sei que foi extremamente bondoso da parte de Sir George achar um destino e pagar sua passagem, e que ela não teria encontrado muitos que fariam o mesmo.

— Gostaria que ela não tivesse encontrado um. — Disse Kitty com grande ansiedade. — Ela poderia ter permanecido na Inglaterra e sido feliz.

— Bem, não posso entender a dificuldade de viajar de uma maneira muito agradável com duas ou três garotas doces como companheiras, fazer uma viagem deliciosa para Bengala ou Barbados ou onde quer que seja, e casar-se logo após a chegada com um homem muito charmoso imensamente rico. Eu não vejo dificuldade em tudo isso.

— Sua representação do caso — disse Kitty rindo — certamente dá uma ideia muito diferente da minha. Mas suponha que tudo isso seja verdade, ainda assim, como não há como ter certeza que ela tenha tido sorte nem na viagem, suas companheiras ou seu marido; ao ser obrigada a correr o risco de se mostrarem muito diferentes, ela, sem dúvida, passou por uma grande dificuldade. Além disso, para uma moça de qualquer delicadeza, a viagem em si, já que seu objetivo é tão universalmente conhecido, é um castigo que não precisa de outro para torná-la muito severo.

— Eu não vejo isso de jeito nenhum. Ela não é a primeira garota que foi para as Índias Orientais por um marido, e eu declaro que eu acharia muito divertido se eu fosse tão pobre.

— Eu acredito que no caso você pensaria muito diferente. Mas pelo menos você não vai defender a situação de sua irmã? Até mesmo para suas roupas é dependente da generosidade de outros, que é claro que não têm pena dela, como por sua própria conta, eles a consideram muito afortunada.

— Você é extremamente gentil, realmente; Lady Halifax é uma mulher encantadora e uma das criaturas mais doces do mundo; tenho certeza de que tenho todos os motivos para falar bem dela, pois devo-lhe os mais incríveis favores. Frequentemente ela foi minha acompanhante quando minha mãe ficou indisposta, e na primavera passada ela me emprestou seu próprio cavalo três vezes, o que foi um favor prodigioso, pois é a criatura mais linda que já se viu, e eu sou a única pessoa a quem ela o emprestou. ~~Mary Wynne pode receber pouquíssima vantantagem de ela tê-lo.~~ E então, — continuou ela — as senhoritas Halifaxes são muito agradáveis. Maria é uma das garotas mais inteligentes que já se conheceu. Desenha a óleo e toca qualquer instrumento sem ensaiar. Ela me prometeu um de seus desenhos antes de eu deixar a cidade, mas eu esqueci completamente de pedir a ela. Eu daria qualquer coisa para ter um.

~~— Ora, de fato, se Maria desse um desenho para minha amiga, ela não poderia ter do que reclamar, mas como ela não escreve em bom humor, suponho que ela ainda não teve a sorte de ser tão distinta. — disse Kitty.~~

— Mas não era muito estranho — disse Kitty — que o bispo enviasse Charles Wynne para a marinha[37] quando ele teria uma chance muito maior de sustentá-lo na Igreja, que era a profissão que Charles preferia, e aquela que seu pai planejava para ele? Eu sei que o bispo prometeu muitas vezes uma paróquia ao Sr. Wynne, e como ele nunca lhe deu uma, acho que era sua responsabilidade transferir a promessa para seu filho.

— Eu acredito que você ache que ele deveria ter renunciado ao seu bispado para ele; você parece determinada a ficar desapontada com tudo o que foi feito por eles.

— Bem — disse Kitty. — Este é um assunto sobre o qual nunca concordaremos e, portanto, será inútil continuar ou mencioná-lo novamente.

Ela, então, saiu da sala, e correndo para fora da casa logo estava em seu querido caramanchão onde podia entregar-se em paz a toda a sua raiva afetuosa contra os parentes dos Wynne, muito intensificada por descobrir através de Camilla que eles eram considerados particularmente generosos. Ela se divertiu por algum tempo xingando e odiando todos eles com grande entusiasmo, e quando este tributo a sua consideração pelos Wynnes foi pago, e o caramanchão começou a ter sua influência habitual sobre seus nervos, ela contribuiu para acalmá-los pegando um livro, pois sempre tinha um consigo, e foi ler.

---

[37] Jane troca a profissão deste personagem entre marinha e exército. Talvez seja outro caso de falha na correção.

Havia quase uma hora que estava assim, ocupada, quando Camilla veio correndo para ela com grande entusiasmo e aparentemente grande prazer.

— Oh, minha querida Catherine! — Disse ela, meio sem fôlego. — Tenho notícias tão boas para você, mas deve adivinhar o que é. Somos as criaturas mais felizes do mundo; acredite, os Dudleys nos enviaram um convite para um baile em sua própria casa. Que pessoas encantadoras que são! Não fazia ideia de que houvesse tanto senso em toda a família. Eu declaro que gosto muito deles. E é em tão boa hora, pois espero um novo chapéu de rede dourada chegar da cidade para amanhã que servirá apenas para um baile. Será uma coisa muito angelical, todo mundo invejará a estampa.

A expectativa de um baile foi realmente muito agradável para Kitty, que gostava de dançar e raramente podia fazê-lo, tinha motivos para sentir um prazer ainda maior do que sua amiga; para ela isso não era nenhuma novidade. O deleite de Camilla, porém, não era inferior ao de Kitty, e ela o expressou mais. O chapéu chegou e todas as outras preparações foram logo concluídas; enquanto estes estavam em agitação, os dias passaram alegremente, mas quando ordens não eram mais necessárias, o gosto não podia mais ser exclamado, e as dificuldades não mais superadas, o curto período que antecedeu o dia do baile pendia pesadamente sobre elas, e cada hora era muito longa.

As pouquíssimas vezes que Kitty desfrutou da diversão de dançar foi uma desculpa para <u>sua</u> impaciência e pela ociosidade que causou a uma mente naturalmente muito ativa; mas sua amiga sem tal súplica estava infinitamente pior do que ela. Ela não podia fazer nada além de vagar da casa para o jardim, e do jardim para a avenida, pensando quando a quinta-feira chegaria, o que ela poderia facilmente ter averiguado e contando as horas que passava, o que serviu somente para arrastá-las.

Na quarta-feira elas foram dormir muito animadas, mas Kitty acordou na manhã seguinte com uma violenta dor de dentes. Foi em vão que ela tentou se distrair, a princípio; seus sentimentos eram testemunhas muito claras de sua condição. Com o mesmo pouco sucesso ela tentou dormir para curar a dor, já que não conseguia nem fechar os olhos. Ela então chamou sua criada e com a ajuda da governanta foi tentado todo remédio que o livro de receitas ou a memória desta última continham, mas sem efeito pois, mesmo quando a dor era aliviada por algum tempo, logo voltava. Estava, então, obrigada a desistir da empreitada e se conformar não só com a dor de dente, mas também com a perda do baile. Apesar de ter muito antecipado o dia, recebeu com prazer as preparações necessárias e prometeu a si mesma tanto encantamento neles, ainda assim não ficou totalmente vazia da filosofia de muitas garotas da sua idade poderiam estar naquela situação. Ela considerou que haviam azares experimentados todos os dias por alguma parte da mortalidade que eram de magnitude muito maior que a perda de um baile e que o tempo viria quando ela olhasse para trás com saudade e talvez inveja em ter conhecido aborrecimento tão pequeno.

Por reflexões como essas, ela logo se acalmou em tanta resignação & paciência que a dor que sofria lhe permitiria, o que, afinal, foi o maior infortúnio dos dois, e contou a triste história quando entrou na sala de café da manhã com compostura tolerável. A Sra Percival ~~Peterson,~~ mais entristecida por sua dor do que por sua decepção, pois temia que não fosse possível impedi-la de dançar com um homem se ela fosse, ficou ansiosa para experimentar tudo o que já tinha sido aplicado para aliviar a dor, enquanto ao mesmo tempo declarava que era impossível para ela sair da casa.

Srta. Stanley, que se juntou na preocupação com sua amiga, sentiu uma mistura de temor que a proposta de sua mãe de que eles todos ficassem em casa fosse aceita, foi muito violenta em lamentar a situação, e embora suas apreensões sobre o assunto foram logo silenciadas pelos protestos de Kitty que, antes de permitir qualquer um para ficar com ela, ela mesma iria; continuou a lamentar com tão incessante veemência que finalmente fez Kitty ir para seu próprio quarto.

Seu temores por si mesma estando agora totalmente dissipados deixou-a mais do que nunca à vontade para ter pena e oprimir sua amiga que apesar de segura em seu próprio quarto, estava frequentemente retirando-se dele para outros na esperança de estar mais livre da dor, e não teve chance de escapar dela.

— Com certeza, nunca houve algo tão chocante! — Disse Camila. — Acontecer num dia desses! Porque alguém não teria se importado, você sabe, se acontecesse em qualquer outro momento. Mas é sempre assim. Eu nunca estive em um baile na minha vida, mas algo aconteceu para impedir alguém de ir! Eu gostaria que não houvesse coisas como dentes no mundo, eles não são nada além de pragas para alguém, e ouso dizer que as pessoas podem facilmente inventar algo para comer em vez de usá-los. Pobrezinha! Que dor você está sentindo! Eu declaro que é bastante horrível para você. Mas você não vai tirá-lo, vai? Pelo amor de Deus, não; pois não há nada que eu tema tanto. Declaro que preferia submeter-me às maiores torturas do mundo do que extrair um dente. Bem! Com que paciência você suporta isso! Como você pode ficar tão quieta? Senhor, se eu estivesse em seu lugar eu faria tanta confusão, ninguém me aguentaria. Eu deveria atormentá-la até a morte.

— É o que você faz, na verdade. — Pensou Kitty.

— De minha parte, Catherine, — disse a Sra. Percival ~~Peterson~~ — eu não tenho dúvida que você pegou essa dor de dente por ficar tanto tempo sentada naquele caramanchão, pois está sempre úmido. Eu sei que arruinou sua saúde inteiramente; e, de fato, eu não acredito ter sido muito útil para minha; eu sentei nele em maio passado para descansar e eu nunca estive muito bem desde então. Vou ordenar a John que derrube tudo para baixo, eu garanto a você.

— Eu sei que você não vai fazer isso, senhora, — disse Kitty — pois deve saber quão infeliz isso me faria.

— Você fala muito ridiculamente, criança, é tudo capricho & absurdo. Por que você não pode imaginar este quarto como um caramanchão?

— Se este quarto tivesse sido construído por Cecília & Mary, eu deveria valorizá-lo igualmente, senhora, pois não é meramente o nome de um caramanchão que me encanta.

— Por que, de fato, Sra. Percival, ~~Peterson~~ — disse a Sra. Stanley — devo achar que a afeição de Catherine por seu caramanchão é o efeito de uma sensibilidade que faz o seu mérito. Eu amo ver uma amizade entre jovens e sempre considero como uma marca segura de um objetivo de disposição. Desde a infância da Camilla eu tenho ensinado-a a pensar o mesmo, e fiz muito esforço para apresentá-la a jovens de sua própria idade que provavelmente seriam dignos de sua consideração. ~~Há algo muito bonito eu acho em jovem damas se correspondendo umas com as~~

~~outras~~ e Nada forma o gosto mais do que cartas sensatas & elegantes. Lady Halifax pensa como eu. Camilla se corresponde com as filhas dela, e acredito que posso dizer que nenhuma delas <u>tem prejuízo</u> nisso.

Essas idéias eram modernas demais para se agradar Sra. Percival ~~Peterson~~, que considerava uma correspondência entre garotas como produtora de nada de bom, e frequente origem de imprudência & erro pelo efeito de conselhos perniciosos e mau exemplo. Não podia, portanto, deixar de dizer que, por si mesma, vivera cinquenta anos no mundo sem nunca ter tido uma correspondente, e não se achava menos respeitável por isso.

A Sra. Stanley nada pôde responder a isso, mas sua filha, que era menos governada por decoro, disse em seu modo descuidado:

— Mas quem sabe o que poderia ter sido, senhora, se <u>tivesse</u> tido um correspondente; talvez a tivesse feito uma criatura bastante diferente. Declaro que eu não ficaria sem aquelas que tenho por nada no mundo. É a maior alegria da minha vida, e a senhora não pode imaginar o quanto as cartas delas formaram meu gosto, como Mama diz, pois mantemos contato todas as semanas.

— Você recebeu uma carta de Augusta Barlow hoje, não recebeu, meu amor? — Disse sua mãe. — Ela escreve notavelmente bem, eu sei.

— Oh! Sim, senhora, a carta mais agradável que você já ouviu falar. Ela me manda um longo relato do novo vestido de passeio Regency que Lady Susan deu a ela, e é tão lindo que estou morrendo de inveja por ele.

— Bem, estou prodigiosamente feliz em ouvir essas notícias felizes de minha jovem amiga; tenho uma grande consideração por Augusta e, mais sinceramente, participo da alegria geral na ocasião. Mas ela não diz mais nada? Parecia ser uma longa carta. Eles estarão em Scarborough?

— Oh, Deus, ela não mencionou isso nenhuma vez, agora eu me lembro; e eu esqueci completamente de perguntar a ela quando escrevi da última vez. Ela realmente não diz nada, exceto sobre o Regency.

— Ela <u>deve</u> escrever bem — pensou Kitty — para fazer uma longa carta sobre chapéu & estola.

Ela, então, saiu da sala cansada de ouvir uma conversa que poderia tê-la divertido se ela estivesse bem, mas servia apenas para cansar e deprimi-la enquanto estava com dor. Feliz foi para ela quando chegou a hora de se vestir, pois satisfeita em estar cercada por sua mãe e metade das empregadas da casa, Camilla não quis sua ajuda, e estava muito agradavelmente ocupada para querer sua companhia. Ela ficou, portanto, sozinha na sala de estar até que o Sr. Stanley e sua tia ali chegaram, e depois de algumas perguntas, permitiram que ela continuasse sossegada e começaram sua conversa habitual sobre política.

Este era um assunto no qual eles nunca conseguiam concordar porque o Sr. Stanley, que se considerava perfeitamente qualificado por seu assento na Câmara, para decidir sem hesitação, sustentou resolutamente que há séculos o Reino não estava em um estado tão fértil e próspero, e com o mesmo entusiasmo, mas talvez menos argumentos, a Sra. Percival ~~Peterson~~ afirmada que a Nação inteira seria rapidamente arruinada, e tudo estava de mal a pior[38], nas palavras dela.

Especialmente porque começou a ficar aliviada da dor, para Kitty não foi desinteressante ouvir a discussão, e portanto, sem tomar parte nela, achou muito divertido observar a veemência com que ambos defendiam suas opiniões, e não podia deixar de pensar que o Sr. Stanley não se sentiria mais desapontado se as expectativas de sua tia fossem cumpridas do que sua tia ficaria mortificada com o fracasso delas.

Depois de um tempo considerável de espera a Sra. Stanley & sua filha apareceram. Camilla, em alto astral & perfeito bom humor com sua própria aparência, foi mais violenta do que antes em suas lamentações sobre sua amiga enquanto praticava seus passos de scotch[39] pela sala. Por fim, eles partiram & Kitty, mais capaz de se distrair do que em todo o dia, escreveu um longo relato de seu infortúnio para Mary Wynne. Quando sua carta foi concluída, ela teve a oportunidade de testemunhar a verdade da afirmação que diz que as dores são aliviadas pela comunicação,

---

[38] *Everything be at sixes & sevens.* Expressão idiomática relacionada à imprudência de apostar nos números 6 e 7 em jogo de dados. Usada por Shakespeare em Richard II, entre outros autores que podem ter influenciado Jane.

[39] *Scottish country dance.* Um tipo de quadrilha popular na época em que grupos de casais seguem coreografia de passos pré-determinados.

pois sua dor de dente estava tão aliviada que ela começou a nutrir a ideia de seguir suas amigas até a casa do Sr. Dudley. Eles tinham saído havia uma hora, e como tudo relacionado ao seu vestido estava em perfeita ordem, ela considerou que em mais uma hora, já que havia tão pouco a fazer, ela poderia estar lá.

Eles tinham ido na carruagem do Sr. Stanley e, portanto, ela pode seguir na carruagem de sua tia. Como o plano parecia tão fácil de ser executado e prometia tanto prazer em si, foi adotado depois de alguns minutos a deliberação finalmente, e correndo escadas acima, ela chamou sua criada com grande pressa. A agitação & pressa que então se seguiram por quase uma hora foi finalmente concluída felizmente por ela se encontrar muito bem vestida e em alta beleza. Anne ~~Nanny~~[40] foi então enviada com a mesma pressa para pedir a carruagem enquanto sua patroa vestia as luvas e arrumava as dobras de seu vestido ~~e se perfumando com água de lavanda~~. Em poucos minutos, ela ouviu a carruagem chegar à porta e, a princípio surpresa com a ligeireza com a qual havia sido preparada, concluiu, após uma pequena reflexão, que os homens haviam recebido alguma dica de suas intenções de antemão. Estava saindo apressada da sala, quando Anne ~~Nanny~~ entrou correndo na maior pressa e agitação, exclamando:

— Meu Deus, madame! Chegou um cavalheiro em uma carruagem de quatro cavalos, e eu não posso dizer quem é, pela minha vida! Eu estava atravessando o corredor quando a carruagem chegou, e como eu sabia que ninguém estaria pronto para deixá-lo entrar, a não ser Tom, e ele parece tão desajeitado, você sabe, madame, agora que seu cabelo está arrumado, que eu não queria que o cavalheiro o visse, então fui atender eu mesma. E ele é um dos rapazes mais bonitos que você gostaria de ver; eu fiquei quase envergonhada de ser vista de avental, madame, mas, ele é muito bonito e pareceu não se importar. E ele me perguntou se a família estava em casa; e, eu disse que tinham saído todos menos a senhorita, madame, pois não mentiria porque tinha certeza de que gostaria de vê-lo. E, então, ele me perguntou se o Sr. e a Sra. Stanley não estavam aqui, então eu disse que sim, e então -

— Pelos Céus! — Disse Kitty. — O que tudo isso pode

---

significar?! E quem pode ser?! Você nunca o viu antes? E ele não lhe disse o nome dele?

— Não, madame, ele nunca disse nada sobre isso. Então, eu pedi a ele para ir para a sala, e ele era prodigioso e agradável, e -

— Quem quer que seja, — disse sua patroa — ele causou uma grande impressão em você, Nanny. Mas de onde ele veio? E o que queria aqui?

— Oh, madame! Eu ia lhe dizer que acho que o interesse dele é com a senhorita; pois ele me perguntou se estava disponível para receber alguém, e pediu para dar-lhe seus cumprimentos & dissesse que ele ficaria muito feliz em vê-la. No entanto, achei melhor que ele não entrasse em sua saleta, especialmente como tudo estando desarrumado, então, eu lhe pedi que fosse tão amável a ponto de ficar na sala de estar, e eu subiria as escadas e lhe diria que ele estava aqui, e eu ousei dizer que a senhorita iria recebê-lo. Ele viesse te convidar para dançar com ele esta noite, eu aposto qualquer coisa, e já tem a carruagem dele pronta para levá-la à casa do Sr. Dudley.

Kitty não pôde deixar de rir dessa ideia & desejou que fosse verdade apenas, pois era muito provável que ela estivesse atrasada demais para conseguir qualquer outro parceiro. — Mas o que ele pode ter para me dizer, nem imagino. Talvez tenha vindo roubar a casa. Pelo menos tem estilo; e será algum consolo para nossas perdas sermos roubadas por um cavalheiro em uma grande carruagem de quatro cavalos. Que uniforme tem seus criados?

— Ora, isso é a coisa mais maravilhosa sobre ele, madame, pois ele não tem um único criado com ele, e veio com cavalos de carga. Mas ele é tão bonito quanto um príncipe apesar de tudo isso, e tem a aparência de um. Vá, madame, desça, pois tenho certeza de que ficará encantada com /por ele.

— Bem, acredito que devo ir; mas é muito estranho! O que ele pode ter a me dizer? — Então, dando uma olhada no espelho, embora tremendo o tempo todo por não saber o que esperar, ela seguiu escada abaixo com grande impaciência, e depois de parar um momento na porta para juntar coragem antes de abri-la, ela resolutamente entrou na sala.

O estranho, cuja aparência não desonrava o relato que ela recebera de sua criada, levantou-se quando ela entrou e, deixando de lado o jornal que estivera lendo, avançou em sua direção com um ar da mais perfeita calma & vivacidade e disse a ela:

— Certamente é uma circunstância muito esquisita ser assim obrigado a me apresentar, mas confio que a necessidade do caso será minha desculpa e impedirá que forme preconceito contra mim. Não preciso perguntar <u>seu</u> nome, madame. Por descrição, a Srta. Percival ~~Srta. Peterson~~ é muito familiar a mim para precisar de qualquer informação.

Kitty, que estava esperando que ele dissesse seu próprio nome em vez do dela, e que por ter estado tão pouco em público e nunca antes em tal situação, sentiu-se incapaz de perguntar, embora ela estivesse planejando seu discurso durante toda a descida da escada. Ela ficou tão confusa e angustiada com essa fala inesperada que só pôde retribuir uma breve reverência, e aceitou a cadeira que ele alcançou para ela, sem saber o que fazer.

O cavalheiro, então, continuou. — Está, eu ouso dizer, surpresa ao ver que eu voltei da França tão cedo, e de fato, nada além de negócios poderia ter me trazido para a Inglaterra. Um caso muito melancólico aconteceu, e eu não estava disposto a partir sem prestar meus respeitos à família em Devonshire que há tanto tempo desejava conhecer.

Kitty, que se sentiu muito mais surpresa por ele supor que <u>ela estava assim</u> do que por ver uma pessoa na Inglaterra cuja partida era totalmente desconhecida para ela, continuou em silêncio por conta de espanto & perplexidade, e seu visitante ainda continuou a falar.

— Você vai supor, madame que eu não estive nada desejoso de visitá-la por ter o Sr. e a Sra. Stanley consigo. Espero que estejam bem? E a Sra. Percival ~~Peterson~~, como ela está? — Então, sem esperar por uma resposta, ele acrescentou alegremente: — Mas minha querida Srta. Percival ~~Peterson~~ você está de saída, tenho certeza; e estou retendo-a de seu compromisso. Como posso esperar ser perdoado por tal injustiça! Ainda assim, em tais circunstâncias, deixar de ofender! Parece vestida para um baile? Mas esta é a terra da alegria, eu sei. Há muitos anos desejo visitar. Suponho que tenha bailes públicos pelo menos toda semana. Mas para onde foi o resto do seu grupo, e que tipo de compaixão angelical a excluiu dele?

— Talvez, senhor... — Disse Kitty extremamente confusa com sua maneira de falar com ela, e muito descontente com a liberdade de sua conversa com alguém que nunca o tinha visto antes e <u>ainda</u> não sabia seu nome. — Talvez, senhor, esteja familiarizado com o Sr. & Sra. Stanley; e seu assunto pode ser com <u>eles</u>?

— Muito me honra, madame, — respondeu ele rindo — ao supor que eu conheço o Sr. & a Sra. Stanley. Eu apenas os conheço de vista; parentes muito distantes; são apenas meu pai & minha mãe. Nada mais, eu lhe asseguro.

— Pelos céus! — disse Kitty — Então é o Sr. Stanley? Peço mil perdões - embora realmente não me lembro porquê, pois nunca me disse seu nome.

— Desculpe. Fiz um discurso muito bom quando entrou na sala, tudo sobre me apresentar; asseguro-lhe que foi muito bom para <u>mim</u>.

— O discurso certamente teve um grande mérito — disse Kitty sorrindo — Eu achei assim na hora; mas como nunca mencionou seu nome em apresentação, poderia ter sido melhor.

Havia tal ar de bom humor e alegria em Stanley, que Kitty, embora talvez não autorizada a se dirigir a ele com tanta intimidade em um conhecimento tão curto, não pôde deixar de ceder à natural falta de reservas e vivacidade de sua própria disposição quando falando com ele, como ele falava com ela. Ela também estava intimamente familiarizada com a família dele, que eram seus parentes, e por esta conexão, ela decidiu se considerar no direito de esquecer quão pouco tempo eles se conheciam. — O Sr. & a Sra. Stanley & sua irmã estão extremamente bem — disse ela. — E ouso dizer que ficarão muito surpresos ao vê-lo. Mas lamento saber que seu retorno à Inglaterra foi ocasionado por qualquer circunstância desagradável.

— Oh! Não fale nisso. — Disse ele. — É um assunto horrível e confuso & me deixa triste pensar nisso. Mas para onde foram meu pai & minha mãe & sua tia? Oh! Sabe que conheci a criada mais engraçadinha do mundo quando eu cheguei aqui; ela me deixou entrar em casa; e a princípio eu a confundi contigo.

— Você me honra muito e me dá mais crédito pela boa índole do que mereço, pois nunca vou até a porta quando alguém chega.

— Não fique com raiva; não quis ofender. Mas me diga, onde você vai tão arrumada? Sua carruagem está chegando.

— Vou a um baile na casa de um vizinho nosso, para onde sua família e minha tia já foram.

— Foram sem levá-la! O que isso significa? Mas suponho que seja como eu, um tanto demorada para se vestir.

— Poderia ter sido assim, se fosse o caso, pois eles se foram há quase duas horas. A razão, porém, não foi o que supõe. Fui impedida de ir por uma dor -

— Por uma dor! — Interrompeu Stanley. — Oh! Céus, isso é realmente terrível! Não importa onde a dor fosse. Mas minha querida senhorita Percival ~~Peterson~~, o que me diz de acompanhá-la? E suponha que dance comigo também? Eu acho que seria muito agradável.

— Eu não posso fazer nenhuma objeção a nenhum dos dois, tenho certeza. — Disse Kitty rindo por ver quão perto da verdade a conjectura de sua criada estava. — Pelo contrário, ficarei muito honrada por ambos, e posso dizer que será extremamente bem-vindo à família que dá o Baile.

— Oh! Que se danem; quem se importa com isso; eles não podem me expulsar da casa. Mas temo que eu seja uma figura triste entre todos os seus bons partidos de Devonshire neste traje empoeirado de viagem, e não tenho como trocá-lo. Pode me conseguir um pouco de pó[41], talvez, e eu devo conseguir um par de sapatos de um dos homens, pois eu estive com tanta pressa de deixar Lyons que não tive tempo de trazer nada além de alguma roupa de baixo.

Kitty prontamente se encarregou de providenciar tudo o que ele queria & mandando o lacaio levá-lo ao quarto do Sr. Stanley, deu ordens a Nanny para enviar um pouco de pó e pomada[42], que ela escolheu executar pessoalmente. Como os preparativos de Stanley para se vestir se limitavam a artigos tão insignificantes, Kitty, é claro, o esperava em cerca de dez minutos; mas ela descobriu que não era apenas um orgulho de vaidade dizer que ele se demorava a esse respeito, pois ele a fez esperar por mais de meia hora, de modo que o relógio bateu dez horas antes dele entrar na sala. O resto do grupo tinha ido por volta das oito.

---

[41] *Procure me some powder.* Provavelmente referia-se a pó perfumado para reduzir a oleosidade dos cabelos.

[42] *Powder and pomatum.* Produtos cosméticos populares para os cabelos.

— Bem. — Disse ele ao entrar. — Não fui muito rápido? Eu nunca me apressei tanto na minha vida antes.

— Nesse caso, você certamente foi, — respondeu Kitty — pois todos os méritos são comparativos, sabe.

— Oh! Eu sabia que você ficaria encantada comigo por ter tanta pressa... Mas venha, a carruagem está pronta; então, não me deixe esperando. — E dizendo isso, ele a pegou pela mão & a levou para fora.

— Ora, minha cara prima! — Disse ele quando estavam sentados. — Será uma surpresa muito agradável para todos vê-la entrar com um jovem tão bem vestido como eu. Espero que sua tia não fique alarmada.

— Para dizer a verdade, — respondeu Kitty — acho que a melhor maneira de evitar isso seria mandar chamá-la, ou sua mãe, antes de entrarmos, especialmente porque é um completo estranho & deve, é claro, ser apresentado ao Sr. e Sra. Dudley-

— Oh! Bobagem. — Disse ele — Eu não esperava que <u>a senhorita</u> fosse de tanta cerimônia. Nosso contato um com o outro torna ridícula toda essa prudência. Além disso, se entrarmos juntos, seremos o assunto de toda a região.

— Para <u>mim</u> — respondeu Kitty — isso certamente seria um incentivo muito poderoso; mas eu mal sei se minha tia consideraria isso como tal. Mulheres da época de vida dela têm ideias estranhas de decoro, você sabe.

— Qual é exatamente a coisa que vai quebrar o decoro? Por que deveria se opor a entrar na casa comigo onde estão todos os nossos parentes, quando me deu a honra de me admitir em sua carruagem sem qualquer acompanhante? Acha que sua tia vai ficar tão ofendida consigo por um, quanto pelo outro desses crimes hediondos?

— Ora, realmente — disse Catherine — eu não sei, mas ela vai. No entanto, porque eu já fiz isso uma vez não é motivo para eu ofender o decoro uma segunda vez.

— Pelo contrário, essa é a exata razão que torna impossível evitá-lo, já que não pode ofender pela <u>primeira vez</u> novamente.

— Você é muito ridículo. — Disse ela rindo. — Mas temo que seus argumentos me distraiam demais para me convencer.

— Pelo menos eles vão convencê-la de que sou muito agradável, o que, afinal, é a mais feliz vitória para mim. E quanto ao assunto de decoro, vamos deixar isso descansar até chegarmos ao fim de nossa jornada. Este é um baile mensal, eu suponho. Nada além de dançar aqui.

— Eu pensei que tinha dito que é dado por um Sr. Dudley.

— Oh! sim, você disse; mas por que o Sr. Dudley não deveria dar um todo mês? Aliás, quem é esse homem? Todo mundo dá bailes hoje em dia, eu acho; eu acredito que devo dar um em breve. Bem, mas o que acha do meu pai & mãe? E pobrezinha Camilla também, ela não atormentou-a até a morte falando das Halifaxes?

Aqui a carruagem felizmente parou na casa do Sr. Dudley, e Stanley ficou ocupado demais em ajudá-la a descer para esperar por uma resposta, ou para lembrar que o que ele havia dito exigia uma.

Entraram no pequeno vestíbulo que o Sr. Dudley havia construído para realçar o salão & Kitty imediatamente pediu ao lacaio, que estava indicando o caminho para o andar de cima, que informasse a Sra. Peterson ou Sra. Stanley que eles haviam chegado & implorar a elas que viessem ao seu encontro. Mas, desacostumado a qualquer contradição & impaciente por estar entre eles, Stanley não permitiu que ela esperasse ou ouviu o que ela disse & agarrando o braço dela com força para prender no dele próprio, sobrepujou a voz dela com a rapidez da dele & Kitty, meio irada & meio rindo, foi obrigada a subir as escadas com ele, e mesmo com dificuldade conseguiu convencê-lo a largar a mão dela antes que eles entrassem na sala.

A Sra. Percival ~~Peterson~~ estava naquele exato momento conversando com uma senhora no canto superior da sala, a quem ela estava dando um longo relato da decepção infeliz de sua sobrinha, e a dor terrível que ela suportou o dia inteiro com tanta coragem.

— Deixei-a um pouco melhor, no entanto — disse ela. — Graças aos céus! Espero que ela tenha conseguido se divertir com um livro, coitada! Pois, se não, ela deve estar muito chateada. Já deve estar na cama, que, enquanto ela está tão mal, é o melhor lugar para ela, como sabe, madame.

A Senhora ia dar o seu assentimento a esta opinião quando o barulho de vozes nas escadas e o lacaio a abrir a porta como se fosse a entrada de um grupo, atraíram a atenção de todos os presentes. E como era um daqueles intervalos entre danças em que todos pareciam felizes em se sentar, a Sra. Peterson teve a mais infeliz oportunidade de ver sua sobrinha, que deveria estar na cama ou se distraindo absurdamente com um livro, entrar elegantemente bem vestida, com um sorriso no semblante e um brilho mesclado de alegria & confusão nas bochechas, acompanhada por um jovem de beleza incomum e que, sem nenhuma de sua confusão da moça, parecia ter toda a sua vivacidade.

A Sra. Percival Peterson, corada de raiva & espanto, levantou-se & Kitty caminhou ansiosamente em sua direção, impaciente para explicar o que ela via como maravilhoso para todos e extremamente ofensivo para ela, enquanto Camilla ao ver seu irmão correu instantaneamente em direção a ele, e logo explicou quem ele era por suas palavras & suas ações.

O prazer do Sr. Stanley em rever o filho que amava com tanto carinho após uma ausência de três meses impediu que ele sentisse alguma raiva contra ele por ter voltado para a Inglaterra sem seu conhecimento, o recebeu com igual surpresa & alegria. Logo compreendendo a causa de sua viagem, desistiu de qualquer conversa com ele, pois estava ansioso para ver sua mãe & era necessário que ele fosse apresentado à família do Sr. Dudley.

Para qualquer um exceto Stanley, esta apresentação teria sido bastante desagradável, pois eles consideraram sua dignidade ofendida por ele ter ido à sua casa sem ser convidado & o receberam com mais do que sua arrogância habitual. Mas Stanley, que com sua vivacidade de temperamento raramente subjugada & a um desprezo à censura que não podia ser superado, possuía uma opinião sobre sua própria importância & uma perseverança em seus próprios planos que não deveria ser atrapalhada pela conduta dos outros, pareceu não perceber isso. Portanto, ele recebeu com uma alegria & facilidade peculiares a si mesmo as cortesias que eles friamente ofereceram, e então, atendido por seu pai & irmã, foi a outra sala, onde sua mãe estava jogando cartas, para experimentar outro reencontro e passar por uma repetição de prazer, surpresa & explicações.

Enquanto isso se passava, Camilla, ansiosa para comunicar tudo o que sentia a alguém que a ouvisse, voltou para Catherine & sentando-se ao lado dela, começou imediatamente:

— Bem, tem algo tão delicioso quanto isso? É sempre assim, eu nunca vou a um baile na minha vida, mas uma coisa ou outra acontece inesperadamente que é muito encantadora!

— Um baile — respondeu Kitty — parece ser a coisa mais importante para você.

— Oh, Senhor! É mesmo. Mas só pense no meu irmão voltando tão de repente. E que coisa horrível o trouxe aqui! Eu nunca ouvi nada tão terrível!

— O que é que ocasionou sua partida da França? Lamento saber que foi um evento melancólico.

— Oh! É além de qualquer coisa que você possa conceber! Seu caçador favorito que apareceu no parque quando ele foi viajar para o exterior, de uma forma ou de outra adoeceu. Não, acredito que foi um acidente, mas foi uma coisa ou outra, ou então foi outra coisa, então mandaram uma carta expressa imediatamente para Lyon onde meu irmão estava, pois eles sabiam que ele valorizava esta égua mais do que qualquer outra coisa no mundo; e assim meu irmão partiu diretamente para a Inglaterra, e sem trazer outro casaco. Estou bastante zangada com ele por causa disso; foi tão chocante, você sabe, sair sem uma muda de roupa.

— Ora, realmente — disse Kitty — parece ter sido um caso muito chocante do começo ao fim.

— Oh! Está além de qualquer coisa que você possa imaginar! Eu preferiria que <u>qualquer outra coisa</u> tivesse acontecido do que ele ter perdido aquela égua.

— Exceto que ele tenha vindo sem outro casaco.

— Oh, sim! Isso me irritou mais do que você pode imaginar. Edward chegou a Brampton assim que a pobre criatura morreu. Mas como ele não suportou ficar lá, ele veio direto para Chetwynde com o propósito de nos ver. Espero que ele não vá para o exterior novamente.

— Você acha que ele não vai?

— Oh! Nossa! Com certeza ele deve, mas com todo o meu coração eu gostaria que ele não fosse. Você não pode imaginar o quanto eu gosto dele! Aliás, você não está apaixonada por ele?

— Com certeza estou. — Respondeu Kitty rindo. — Fico apaixonada por cada homem bonito que eu vejo.

— Exatamente como eu. Estou sempre apaixonada por todos os homens bonitos do mundo.

— Aí você me supera — respondeu Catherine. — Porque eu sou apenas apaixonada por aqueles que vejo <u>realmente</u>.

A Sra. Percival ~~Peterson~~, que estava sentada do outro lado dela & que começou agora a distinguir as palavras <u>amor</u> & <u>homem bonito</u>, virou-se apressadamente para elas & disse: — O que você está falando de Catherine?

Ao que Catherine respondeu imediatamente com a simples artimanha infantil: — Nada, senhora.

Ela já tinha recebido um sermão muito severo de sua tia sobre a imprudência de seu comportamento durante toda a noite; ela a culpou por ter vindo ao baile na mesma carruagem que Edward Stanley, e ainda mais por entrar na sala com ele. Pela última ofensa mencionada, Catherine não sabia que desculpas dar, e embora desejasse responder à segunda dizendo que teria sido descortesia fazer o Sr. Stanley <u>andar</u>, ela não ousou brincar com sua tia, que teria ficado mais ofendida ainda. A primeira acusação, no entanto, ela considerou muito irracional, pois se achava perfeitamente justificada em ir.

Essa conversa continuou até que Edward Stanley, entrando na sala, foi instantaneamente em sua direção a ela e dizendo-lhe que todos esperavam por <u>ela</u> para começar a próxima dança, a levou para a ponta da sala. Impaciente para escapar de uma companhia tão desagradável, Kitty imediatamente deu a mão a ele & alegremente deixou seu assento sem a menor hesitação ou um escrúpulo de civilidade por receber tal atenção.

Esta conduta, no entanto, foi altamente ressentida por várias jovens damas presentes, e pela Srta. Stanley entre elas, cuja consideração por seu irmão, embora <u>excessiva</u>, e cuja afeição por Kitty, embora <u>prodigiosa</u>, não estavam à prova de tal dano à sua importância e paz.

Edward, no entanto, apenas consultou suas próprias inclinações ao desejar que a Srta. Peterson começasse a dança, nem tinha qualquer razão para saber que isso era desejado ou esperado por qualquer outra pessoa no grupo. Como herdeira, ela certamente era importante, mas seu nascimento não lhe atribuía nada, pois seu pai fora comerciante. Foi justamente essa circunstância infeliz que deixou Camilla tão ofendida, pois apesar de vez por outra ela se gabar no orgulho de seu coração & sua ânsia de ser admirada, ela não sabia quem tinha sido seu avô, e era tão ignorante de tudo relacionado à genealogia quanto à astronomia (e poderia ter acrescentado, geografia). Ainda assim, ela era realmente orgulhosa de sua família & amizades, e se ofendia facilmente se fossem tratados com pouco caso.

— Eu não teria me importado — disse ela à mãe — se ela fosse filha de outra pessoa; mas vê-la fingir estar acima de mim quando seu pai era apenas um comerciante, é péssimo! É uma afronta enorme a toda a nossa família! Digo que acho que papa deveria interferir nisso, mas ele nunca se importa com nada além de política. Se eu fosse o Sr. Pitt[43] ou o Lorde Chanceler[44], ele cuidaria para que eu não fosse insultada, mas ele nunca pensa em mim. E é tão provocador que Edward a tenha deixado ficar ali.[45] Desejo de todo o coração que ele nunca tivesse vindo para a Inglaterra! Espero que ela caia e quebre o pescoço, ou torça o tornozelo.

A Sra. Stanley concordou perfeitamente com a filha a respeito da situação e, embora com menos violência, expressou ressentimento quase igual pela indignidade.

Enquanto isso, Kitty permanecia sem saber que tinha ofendido alguém, portanto, era incapaz de oferecer um pedido de desculpas ou fazer uma reparação; toda a sua atenção estava ocupada pela felicidade que desfrutava dançando com o jovem mais elegante da sala, e todos os outros eram igualmente desconsiderados. A noite realmente transcorreu deliciosamente para ela, ele foi seu parceiro durante a maior parte e as qualidades conjuntas que ele possuía de personalidade, maneira de falar e vivacidade haviam facilmente conquistado de Kitty aquela preferência que raramente deixavam de obter de todos.

Ela estava feliz demais para se importar com o mau humor de sua tia, que não pôde deixar de notar, ou com a alteração no comportamento de Camilla que finalmente se impôs à sua observação. Seu humor estava elevado acima da influência do

---

[43] William Pitt, Conde de Chatham, Primeiro Ministro da Inglaterra de 1766 a 1768.

[44] *Lord High Chancellor of Great Britan.* Cargo estatal de mais prestígio que o de Primeiro Ministro apontado pelo monarca para fiscalizar e garantir o funcionamento e independência das cortes.

[45] *Stand there.* Camilla reclama que Kitty está na frente da linha de casais, ela e seu parceiro lideram e conduzem a dança. É uma posição de destaque social. Ademais, as outras damas precisavam esperar sua vez na linha de casais e, portanto, aturar a conversa do parceiro. Por isso Lizzy Bennet evitou dançar com o primo Collins em Orgulho e Preconceito.

aborrecimento de qualquer pessoa, e ela era igualmente indiferente quanto à causa de Camilla, ou a continuação do aborrecimento de sua tia.

Apesar do Sr. Stanley nunca conseguir ficar realmente ofendido por qualquer sandice de seu filho que tinha lhe dado o prazer de revê-lo, ele ainda estava perfeitamente convencido de que Edward não deveria permanecer na Inglaterra, e estava resolvido a apressar sua partida o mais rápido possível. Mas quando conversou com Edward sobre isso, achou-o muito menos disposto a voltar para a França do que a acompanhá-los em sua viagem planejada, que ele assegurou a seu pai seria infinitamente mais agradável para ele; e que quanto ao assunto de viajar, ele não considerava isso de nenhuma importância e que poderia ser feito em qualquer momento, quando não tivesse nada melhor para fazer. Apresentou essas objeções de uma maneira que mostrava claramente que ele mal tinha dúvida de que elas seriam cumpridas, e parecia considerar os argumentos de seu pai em oposição a eles meramente dados com a intenção de manter sua autoridade & como tal, ele deveria ter pouca dificuldade em combater. Por fim, concluiu dizendo, quando a carruagem em que voltaram juntos da casa do Sr. Dudley chegou à casa da Sra. Percival, ~~Peterson~~:

— Bem, senhor, resolveremos esta pendência em outra ocasião e, felizmente, é de tão pouca importância que uma discussão imediata sobre isso é desnecessária. — Ele, então, desceu da carruagem & entrou na casa sem esperar a resposta do pai.

Só quando voltavam é que Kitty pôde entender aquela frieza no comportamento de Camilla para com ela, tão acentuada que tornava impossível passar despercebida. Quando, no entanto, elas estavam sentadas na carruagem com as outras duas senhoras, a indignação da senhorita Stanley não foi mais reprimida, explodiu em palavras & encontrou o seguinte desabafo.

— Bem, eu tenho que adimitir <u>isso</u>, que eu nunca fui a um baile tão estúpido na minha vida! Mas é sempre assim; sempre me decepciono com eles por uma razão ou outra. Gostaria que não existissem essas coisas.

— Sinto muito, senhorita Stanley, — disse a Sra. Percival ~~Peterson~~ endireitando-se — que você não tenha se divertido. Tudo de melhor foi feito, tenho certeza. É um pouco encorajador para sua mama levá-la a outro se é tão difícil satisfazê-la.

— Não sei o que quer dizer, senhora, sobre mama me levar para outro. Você sabe que já debutei.

— Oh! Querida Sra. Percival ~~Peterson~~ — disse Sra. Stanley[46] — a senhora não deve acreditar em tudo o que minha animada Camilla diz, pois às vezes ela tem ânimo prodigiosamente excitado, e ela frequentemente fala sem pensar. Tenho certeza de que é impossível alguém ter estado em um baile mais elegante ou agradável, e é isso que ela deseja se expressar, tenho certeza.

— É isso mesmo. — Disse Camilla muito mal-humorada. — Só que devo dizer que não é muito agradável ter alguém se comportando tão rudemente com outros a ponto de ser assim chocante! Tenho certeza que não estou nem um pouco ofendida, e nem ligo se todo o mundo ficasse na minha frente, mas ainda assim é extremamente abominável, & algo que eu não posso tolerar. Não é que eu me importe nem um pouco, pois eu ficaria no fundo da fila ou no início a noite toda, se não fosse tão desagradável. Mas uma pessoa chegar no meio da noite & tomar o lugar dos outros é o que eu não estou acostumada, e embora eu não me importe nem um pouco com isso, eu asseguro-lhe que não vou perdoar ou esquecer facilmente.

Esse discurso, que explicou perfeitamente todo o caso para Kitty, foi logo seguido por um pedido de desculpas muito submisso, pois ela tinha muito bom senso para se orgulhar de sua família e natureza boa demais para viver em desacordo com qualquer um. As desculpas que ela deu foram ditas com tanta preocupação real pela ofensa, e uma doçura tão sincera, que era quase impossível para Camilla reter aquela raiva que as havia ocasionado. Ela se sentiu realmente muito gratificada ao saber que nenhum insulto fora planejado e que Catherine estava muito longe de esquecer a inferioridade de nascimento pela qual <u>agora</u> só podia ter pena dela. Com seu bom humor sendo restaurado com a mesma facilidade com que havia sido afetado, ela falou com o maior deleite da noite & declarou que nunca tinha estado em um baile tão agradável.

---

[46] Conforme escrito por Jane.

Os mesmos esforços que haviam conseguido o perdão da Srta. Stanley asseguraram-lhe a cordialidade de sua mãe, e nada lhe faltava senão o bom humor da Sra. Percival ~~Peterson~~ para tornar completa a felicidade de todas. Mas ela, ofendida com Camilla por sua superioridade afetada, ainda mais com seu irmão por vir a Chetwynde & insatisfeita com toda a noite, continuou calada & enfezada e foi um freio à vivacidade das companheiras.

Ela aproveitou avidamente a primeira oportunidade que lhe foi oferecida na manhã seguinte de falar com o Sr. Stanley sobre o retorno de seu filho e depois de ter expressado sua opinião de ter sido uma situação muito tola dele ter vindo, concluiu desejando que ele informasse ao Sr. Edward Stanley que era regra para ela nunca admitir um homem jovem em sua casa como visitante por qualquer período de tempo.

— Eu não falo por desrespeito ao senhor, — continuou ela — mas não posso aceitar que eu mesma permita sua permanência. Não se sabe qual seriam as consequências se ele continuasse aqui, as meninas de hoje sempre preferem um belo rapaz a qualquer outra pessoa, mas por que, eu nunca pude descobrir, afinal o que é a juventude e beleza? É apenas um pobre substituto para o verdadeiro valor & mérito. Acredite, primo, que por mais que as pessoas digam o contrário, certamente não há nada como a virtude para nos fazer o que devemos ser, e quanto a um rapaz, ser jovem & bonito & ter uma personalidade agradável, não vale nada, pois o propósito é que é muito melhor ser respeitável. Sempre <u>pensei</u> assim, e sempre <u>pensarei</u>, e por isso peço-lhe o favor de mandar seu filho deixar Chetwynde, ou não posso ser responsável pelo que pode acontecer entre ele e minha sobrinha. Você ficará surpreso ao <u>me</u> ouvir dizer isso — ela continuou , abaixando a voz. — mas a verdade aparecerá, e devo admitir que Kitty é uma das garotas mais insolentes que já existiram. ~~Sua intimidade com os rapazes é abominável, e é sempre a mesma coisa para ela, não importa que seja, ninguém passa despercebido.~~ Asseguro-lhe, senhor, que eu a vi sentar e rir e cochichar com um jovem que ela não viu mais que meia dúzia de vezes. O comportamento dela é realmente escandaloso, e por isso eu imploro que você mande embora seu filho imediatamente, ou tudo vai por água abaixo[47].

---

[47] *Everything will be at six & sevens.*

O Sr. Stanley, que por uma parte da fala dela tinha mal entendido quão grande era a insolência de Kitty, agora se esforçava para acalmar seus temores naquela situação, assegurando-lhe que, em todos os aspectos, ele pretendia permitir a estada de seu filho somente naquele dia, e que ela poderia confiar que ele seria mais sério, por um desejo de atendê-la. Ele também disse que sabia que Edward estava muito desejoso de voltar para a França, pois sabiamente considerou todo o tempo perdido, não desencaminhou os planos em que ele estava presentemente envolvido, embora estivesse muito bem convencido do contrário.

Suas garantias acalmaram a Sra. Percival ~~Peterson~~ em certo grau & a deixaram toleravelmente aliviada de suas preocupações & medos & mais bem disposta a se comportar com civilidade em relação ao filho dele durante a curta estadia em Chetwynde.

O Sr. Stanley foi imediatamente repetir a Edward a conversa que havia ocorrido entre a Sra. Percival ~~Peterson~~ & ele & salientou com veemência a necessidade dele deixar Chetwynde no dia seguinte, já que sua palavra já havia sido dada. Seu filho, no entanto, parecia impressionado apenas com as apreensões ridículas da Sra. Percival ~~Peterson~~; e altamente encantado por tê-los criado ele mesmo, parecia absorto sozinho pensando em como ele poderia aumentá-los, sem prestar atenção a qualquer outra parte de sua conversa. O Sr. Stanley não conseguiu segurar sua resposta, e embora ele ainda esperasse o melhor, eles se separaram quase com raiva do seu lado.

Porém seu filho pareceu surpreso somente com as preocupações ridículas da Sra. Percival ~~Peterson~~ e altamente divertido em tê-las causado, pareceu determinado a pensar somente em como poderia aumentá-las sem prestar atenção em nenhuma parte da conversa de seu pai. O Sr. Stanley não conseguiu tirar nenhuma resposta definitiva dele e mesmo que ainda esperasse pelo melhor, ficou quase irado.

De modo algum seu filho estava disposto a se casar ou ter qualquer outra ligação com a Srta. Percival ~~Peterson~~, a não ser como uma moça bem-humorada e animada que parecia satisfeita com ele. Apesar disso, ele tomou um prazer infinito em alarmar os temores ciumentos de sua tia por suas atenções para ela, sem considerar o efeito que elas poderiam ter sobre a própria moça.

Ele sempre se sentava ao lado dela quando ela estava na mesma sala, parecia insatisfeito se ela o deixasse e era o primeiro a perguntar se ela pretendia voltar logo. Ele ficou entusiasmado com seus desenhos e encantado com sua performance no cravo; tudo o que dizia parecia interessá-lo; sua conversa era dirigida apenas a ela, que parecia ser o único objeto de sua atenção.

Que tais esforços tenham sucesso com alguém tão temerosa a todos os riscos desse tipo como a Sra. Percival ~~Peterson~~, não é de forma alguma antinatural, e que eles tenham igual influência com sua sobrinha cuja imaginação era viva, e cuja disposição era romântica e que já estava extremamente satisfeita com ele, e naturalmente desejosa de que ele pudesse retribuir, é tão pouco para se admirar. A cada momento que aumentava a convicção de que ele gostava dela, tornava-o ainda mais agradável e fortalecia em sua mente o desejo de conhecê-lo melhor.

Já a Sra. Percival ~~Peterson~~ que ficava em cólicas o dia todo, nada do que ela já havia sentido antes em uma ocasião semelhante poderia ser comparado às sensações que, então, a distraíram; seus medos nunca tinham sido tão fortes nem tão razoavelmente excitados antes. Sua antipatia por Stanly, sua raiva por sua sobrinha, sua impaciência para separá-los venceram todas as noções de decoro & boa educação, e embora ele nunca tivesse mencionado qualquer intenção de partir no dia seguinte, ela não pôde deixar de perguntar a ele depois do jantar, em sua ânsia de se ver livre dele, a que horas ele pretendia ir.

— Oh, Madame! — Respondeu ele. — Se eu sair por volta da meia noite a senhora pode se considerar com sorte; e se não for, a senhora só pode culpar a si mesma por ter deixado à minha disposição a hora de minha partida.

A Sra. Percival ~~Peterson~~ corou vermelho escuro com essa fala e, sem se dirigir a ninguém em particular, imediatamente começou uma longa implicância sobre o comportamento chocante dos jovens modernos & a incrível alteração que havia ocorrido neles desde sua época, que ela ilustrou com muitas anedotas instrutivas de decoro & modéstia que marcaram o caráter daqueles que ela conhecera quando jovem.

Isso, no entanto, não o impediu de passear no jardim com sua sobrinha, sem qualquer outra companhia, por quase uma hora no decorrer da noite. Eles haviam saído da sala para esse propósito com Camilla em um momento em que a Sra. Peterson estava fora, foi algum tempo depois de seu retorno que ela conseguiu descobrir onde eles estavam. Camilla havia dado duas ou três voltas com eles no caminho que levava ao caramanchão, mas logo se cansou de ouvir uma conversa para a qual raramente era convidada a participar & que era muito pouco capaz de fazê-lo pois envolvia livros. Ela os deixou juntos no caramanchão para vagar sozinha por alguma outra parte do jardim, para comer frutas, & visitar a estufa da Sra. Peterson. Sua ausência estava tão longe de ser lamentada, que mal foi notada por eles, & eles continuaram conversando juntos sobre quase todos os assuntos, pois Stanley raramente demorava muito em qualquer um e tinha algo a dizer sobre todos, até que foram interrompidos por sua tia.

A essa altura, Kitty estava perfeitamente convencida de que, tanto em habilidades naturais quanto em informações adquiridas, Edward Stanley era infinitamente superior à sua irmã. Seu desejo de saber se ele era assim a induziu a aproveitar todas as oportunidades de virar a conversa para História e logo se envolveram em uma disputa histórica, para a qual ninguém era mais calculado do que Stanley, que estava tão longe de realmente ter uma posição, que mal tinha uma opinião fixa sobre o assunto. Ele podia, portanto, sempre tomar qualquer lado, & sempre discutir com humor. Na indiferença em todos esses tópicos era muito diferente de sua companheira, cujo julgamento sendo guiado por seus sentimentos, que eram impetuosos & calorosos, ficava facilmente decidida e, embora nem sempre fosse infalível, ela se defendia com um espírito & entusiasmo que marcavam sua própria confiança.

Eles continuaram, portanto, por algum tempo conversando dessa maneira sobre o personagem de Ricardo III que ele estava defendendo ardorosamente quando ele de repente tomou a mão dela e exclamou com grande emoção:

— Pela minha honra, está totalmente enganada. — Pressionou apaixonadamente em seus lábios & correu do caramanchão.

Surpresa com este comportamento pelo qual ela ficou absolutamente incapaz de reagir, ela continuou imóvel por alguns momentos no assento onde ele a deixou e estava quase a ponto de segui-lo pelo caminho estreito por onde ele passou quando olhando para frente ela viu sua tia andando em sua direção em passos mais apressados dos que era seu costume.

Isso explicou imediatamente a razão da partida dele, mas deixá-la daquela maneira foi igualmente inexplicável por si só. Ela sentiu um grau considerável de confusão em ter sido vista sozinha em um lugar daqueles com Edward e ter aquela parte da conduta dele, que ela não entendia, testemunhada por alguém para quem toda galanteria era odiosa. Ela continuou então confusa, incomodada & hesitante e sofreu a reprimenda da tia sem deixar o caramanchão.

Os olhares da Sra. Percival ~~Peterson~~ não eram de forma alguma calculados para animar os espíritos de sua sobrinha, que em silêncio esperava a acusação, e também em silêncio meditou sua defesa. Depois de alguns momentos de antecipação, porque a Sra. Peterson estava muito cansada para falar imediatamente, ela começou com grande raiva e aspereza, a seguinte reclamação.

— Bem, _isso_ é mais de qualquer coisa que eu poderia ter suposto. Pródiga como eu sabia que você era, eu não estava preparada para tal visão. Isso está além de qualquer coisa que você já fez _antes_; além de qualquer coisa que eu já ouvi na minha vida! Tal descaramento eu nunca testemunhei antes em uma garota! E isso é a recompensa por todos os cuidados que tomei em sua educação; por todas as minhas preocupações & ansiedades; e Deus sabe quantas foram! Tudo o que eu desejava era criar você virtuosamente; eu nunca quis que você tocasse o cravo, ou desenhasse melhor do que qualquer um, mas eu esperava que fosse capaz & disposta a dar exemplo de modéstia e virtude para os jovens aqui da região. Eu comprei para você os Sermões de Blair[48] e Coelebs busca uma esposa[49] ~~Explicação do Catecismo de Secear[50]~~. Eu lhe dei a chave da minha própria biblioteca, e pedi emprestado muitos bons livros da minha vizinhança para você, tudo para esse fim. Mas eu poderia ter me poupado deste esforço.

---

[48] Hugh Blair – pastor, retórico e estudioso da Igreja da Escócia. Sua publicação de sermões é de 1777.

[49] Coelebs in search of a wife é um romance da autora cristã moralista Hannah More publicado em 1809 – 17 anos depois que este caderno foi passado a limpo.

[50] Lectures of Catechism of the Church of England do Arcebispo Thomas Secker, publicado em 1769. Possivelmente Jane decidiu alterar a citação deste livro porque lhe pareceu antiquado e decidiu trocar pelo de More que havia acabado de ser publicado. Há uma carta dela para sua irmã Cassandra que sugere isso. Veja a Análise Crítica no final deste volume.

Oh! Catherine, você é uma criatura perdida, e não sei o que será de você. Estou feliz, no entanto, — ela continuou amolecendo em algum grau de leveza — por ver que você tem alguma vergonha pelo que você fez, e se você realmente está arrependida, e seu futuro for uma vida de penitência e reforma, talvez possa ser perdoada. Mas eu claramente vejo que tudo está indo de mal a pior[51] e toda ordenação em breve sumirá deste Reino.

— Desde que não seja, senhora, antecipada qualquer conduta minha, espero. — Disse Catherine em um tom de grande humildade. — Não fiz nada esta noite que possa contribuir para a derrubada do estabelecimento do reino[52], por minha honra.

— Você está enganada, criança — respondeu ela. — O bem de cada nação depende da virtude de seus indivíduos, e qualquer um que ofenda de forma tão rude o decoro & a castidade certamente está acelerando sua ruína. Você tem dado um mau exemplo para o mundo, e o mundo está muito bem disposto a aceitar.

— Perdoe-me, senhora, — disse sua sobrinha — mas <u>posso</u> dar exemplo apenas para a senhora, porque somente a senhora viu a ofensa. Acredite que não há perigo de temer o que eu fiz. O comportamento do Sr. Stanley me deixou tão surpresa quanto a senhora e só posso supor que foi o efeito de seu bom humor, em sua opinião autorizado pela nossa amizade. Mas você considera, senhora, que está ficando muito tarde? De fato é melhor que volte para casa.

Esta fala, como ela bem sabia, ficaria sem resposta de sua tia, que instantaneamente se levantou, e apressou-se sob tantas preocupações com sua própria saúde, como banida por hora de toda ansiedade sobre sua sobrinha, que andava calmamente ao lado dela, remoendo dentro de sua própria mente o acontecimento que tinha deixado a sua tia tão alarmada.

— Estou espantada com a minha própria imprudência — disse a Sra. Percival ~~Peterson~~. — Como pude ser tão distraída a ponto de sentar-me ao ar livre a essa hora da noite? Certamente terei um retorno do meu reumatismo depois disso. Eu já começo a

---

[51] *Everyhing is going to sixes & sevens.*

[52] É possível que Jane estivesse brincando com a possibilidade de que a Inglaterra repetisse a Revolução Francesa.

sentir muito frio. Eu devo ter pegado um resfriado terrível a esta hora. Tenho certeza de que estarei de cama todo o inverno por causa disso. — Então, contando em seus dedos. — Deixe-me ver; estamos em julho; o tempo frio em breve estará chegando em agosto, setembro, outubro, novembro, dezembro, janeiro, fevereiro, março e abril. Muito provavelmente posso não ser tolerável novamente antes de maio. Eu devo e farei a demolição daquele caramanchão, será a minha morte. Quem sabe agora, mas posso nunca me recuperar. Esse tipo de coisa <u>aconteceu</u>, a morte da minha amiga particular, Srta. Sarah Hutchinson, foi ocasionada por nada mais que isso. Ela ficou até tarde uma noite de abril, e se molhou muito pois choveu muito forte, e não trocou de roupa quando chegou em casa. Não se sabe quantas pessoas morreram por causa do resfriado! Não acredito que haja uma desordem no mundo, exceto a varíola que não brota dele.

Foi em vão que Kitty tentou convencê-la de que seus temores eram infundados; que ainda não era tarde o suficiente para pegar um resfriado, e que, mesmo que fosse, ela poderia escapar de qualquer severidade e se recuperar em menos de dez meses. A Sra. Percival ~~Peterson~~ respondeu apenas que esperava saber o suficiente sobre doenças para não ser convencida sobre isso por uma garota que sempre esteve perfeitamente bem, e subiu correndo as escadas deixando Kitty para pedir desculpas ao Sr. & Sra. Stanley por ter ido para a cama.

Apesar da Sra. Percival Peterson parecer perfeitamente satisfeita com aquelas desculpas, ainda assim Kitty sentiu algum constrangimento em descobrir que a única que podia oferecer aos visitantes era que sua tia talvez tivesse pego um resfriado, por receio de alarmá-los. O Sr. & a Sra. Stanley, no entanto, que bem sabiam que sua prima facilmente se apavorava neste assunto, receberam o relato dela com pouquíssima surpresa, e toda a preocupação educada.

Edward & sua irmã logo chegaram, & Kitty não teve dificuldade em obter dele uma explicação por sua conduta, pois ele próprio era muito animado com o assunto, e muito ansioso para saber seu sucesso, para abster-se de fazer perguntas imediatas. Ela não pôde deixar de se sentir ao mesmo tempo surpresa & ofendida com a facilidade & indiferença com que ele admitiu que todas as suas intenções tinham sido assustar sua tia fingindo uma afeição por ela; um projeto tão incompatível com aquela parcialidade que uma vez esteve quase convencida de que ele sentia por ela.

É verdade que ela ainda não o tinha conhecido o suficiente para estar realmente apaixonada por ele, mas sentia-se muito desapontada que um jovem tão bonito, tão elegante, tão simpático pudesse estar tão completamente desprovido de qualquer sentimento a ponto de fazer isso sua diversão principal.

Havia uma novidade em seu caráter que para _ela_ era extremamente agradável; sua pessoa era extraordinariamente bela, seu humor & vivacidade adequados aos dela, e suas maneiras ao mesmo tempo tão animadas & insinuantes, que ela pensou que deveria ser impossível para ele ser de outra forma além de amável, e estava pronta para lhe dar crédito perfeitamente por ser assim.

Ele conhecia deus poderes; a eles muitas vezes ficara em dívida pelo perdão de seu pai por faltas que, se ele fosse desajeitado & deselegante, teriam parecido muito graves. A eles, ainda mais do que à sua pessoa ou à sua fortuna, devia o que quase todos estavam dispostos a sentir por ele, e que as moças, em particular, estavam inclinadas a se dedicar.

Sua influência foi reconhecida na presente ocasião por Kitty, cuja raiva eles dissiparam inteiramente, e cuja alegria eles tinham o poder não apenas de restaurar, mas de aumentar.

A noite transcorreu tão agradavelmente quanto a que a precedera; eles continuaram conversando um com o outro durante a maior parte do tempo. E tal era o poder de seu discurso, & o brilho de seus olhos, que quando eles se separaram para dormir, embora Catherine tivesse apenas algumas horas antes totalmente desistido da ideia, ainda sentiu-se quase convencida novamente de que ele estava realmente apaixonado por ela.

Ela refletiu sobre a conversa anterior deles, e embora tivesse sido sobre vários & diferentes assuntos, e ela não conseguia se lembrar exatamente de nenhuma fala dele que expressasse tal parcialidade. Ainda assim estava quase certa de que era verdade. Mas com medo de ser tão vaidosa a ponto de supor tal coisa sem razão suficiente, ela resolveu suspender sua decisão final até o dia seguinte, e mais especialmente até sua despedida, que ela pensou que explicaria infalivelmente seu afeto, se ele tivesse algum.

Quanto mais ela o via, mais inclinada ficava em gostar dele, & mais desejava que ele gostasse <u>dela</u>. Estava convencida de que ele era naturalmente muito inteligente e muito bem disposto, e que sua falta de consideração & negligência, que embora lhe parecessem muito apropriadas nele, ela estava ciente de que para muitas pessoas seriam consideradas defeitos em seu caráter, meramente vinha de uma vivacidade sempre bem vista em rapazes, & estavam longe de testemunhar um entendimento fraco ou vago.

Tendo estabelecido esse ponto para si mesma, e estando perfeitamente convencida por seus próprios argumentos de sua verdade, ela foi para a cama contente e determinada a estudar seu caráter e observar seu comportamento ainda mais no dia seguinte.

Ela acordou com as mesmas boas resoluções e provavelmente as teria colocado em execução, se Anne ~~Nanny~~ não a tivesse informado assim que entrou na sala que o Sr. Edward Stanley já tinha ido embora.

A princípio ela se recusou a acreditar na informação, mas quando sua criada lhe garantiu que ele havia ordenado a carruagem na noite anterior para estar lá às sete horas da manhã e que ela mesma o tinha visto partir pouco depois das oito, ela não podia mais negar que acreditava.

— É isto; — pensou ela corando de raiva de sua própria tolice — esta é a afeição por mim de que eu tinha tanta certeza. Oh! Que coisa tola é a Mulher! Que vaidade, que insensatez! Supor que ao longo de vinte & quatro horas um homem ficaria seriamente envolvido com uma garota que não tem nada para recomendá-la além de um bom par de olhos! E ele realmente se foi! Desapareceu talvez sem gastar um pensamento em mim! Oh! Por que eu não acordei às oito horas? Mas é uma punição adequada para minha preguiça & tolice, e estou muito contente por isso. Eu mereço tudo, & dez vezes mais por essa vaidade insuportável. Ao menos me será útil neste aspecto. No futuro, vai me ensinar a <u>não</u> pensar que todos estão apaixonados por mim. Ainda assim eu <u>gostaria</u> de tê-lo visto antes de ele partir, pois talvez demore muitos anos até nos encontrarmos novamente.

— Por sua maneira de nos deixar, no entanto, ele parece ter sido perfeitamente indiferente. Que estranho que ele tenha ido embora sem nos avisar, ou se despedir de ninguém! Mas é o jeito de um jovem governado pelo capricho do momento, ou movido apenas pelo amor de fazer qualquer coisa estranha! Seres ingovernáveis, de fato! E as moças são igualmente ridículas! Logo começarei a pensar como minha tia que tudo está de pernas para o ar[53], e que toda a humanidade está se degenerando.

Ela estava recém-vestida e a ponto de sair do quarto para perguntar sobre a Sra. Peterson quando a Srta. Stanley bateu na porta & ao entrar começou sua habitual e uma longa reclamação sobre o fato de seu pai ser tão chocante a ponto de fazer Edward ir embora, e sobre Edward ser tão horrível para deixá-los àquela hora da manhã.

— Você não tem ideia — disse ela — de como fiquei surpresa quando ele foi no meu quarto para me dar adeus.

— Você o viu, então, esta manhã? — disse Kitty.

— Ah, sim! E eu estava com tanto sono que não conseguia abrir os olhos. E, então, ele disse, *Camilla, adeus a você, porque estou indo embora. Não tenho tempo de me despedir de mais ninguém, e não ouso confiar em mim mesmo para ver Kitty, pois, então, você sabe que eu nunca conseguiria ir.*

— Bobagem — disse Kitty. — Ele não disse isso, ou estava brincando se disse.

— Oh, não! Eu lhe asseguro que ele estava tão sério quanto nunca foi em sua vida; estava chateado demais para brincar naquela hora. E ele pediu que quando nos encontremos no café da manhã, que eu desse seus cumprimentos para sua tia e seu amor para ti, porque você é uma linda garota, ele disse, e ele só queria que estivesse em seu poder estar mais com você. Você é justo a garota para agradá-lo, porque é tão animada e de boa índole, e ele desejou com todo o seu coração que você não se case antes de ele voltar, pois não há nada que gostaria mais do que estar aqui. Oh! Você não tem ideia das coisas lindas que ele falou sobre você, até que finalmente adormeci e ele foi embora. Mas ele certamente está apaixonado por você, tenho certeza de que está. Pensei muito bem nisso, garanto a você.

— Como você pode ser tão ridícula? — Disse Kitty sorrindo contente. — Eu não acredito que ele seja tão facilmente afetado.

---

[53] *Everything is going to sixes & sevens.*

Mas mandou <u>mesmo</u> seu amor para mim, então? E desejou que eu não me casasse antes de seu retorno? E disse que sou uma garota linda, foi?

— Oh! Nossa, sim, e asseguro-lhe que, na opinião dele, é o maior elogio que pode dar a qualquer um! Dificilmente posso convencê-lo a <u>me</u> chamar assim, embora eu implore algumas vezes por uma hora inteira.

— E você realmente acha que ele estava com pena de ir?

— Oh! Você não tem ideia de como isso o deixou infeliz. Ele não teria ido este mês se meu pai não tivesse insistido nisso; Edward me disse ontem. Ele disse que desejava de todo o coração nunca ter prometido ir para o exterior, por isso se arrependia mais e mais a cada dia; que isso interferia em todos os seus outros planos, e que desde que papa havia falado sobre isso, ele estava mais relutante em deixar Chetwynde do que nunca.

— Ele realmente disse tudo isso? E por que seu pai insistiu que fosse embora? A partida dele interferia com todos os seus outros planos e a conversa com o Sr. Stanley o fez ainda mais avesso a isso. O que isso quer dizer?

— Ora, que está excessivamente apaixonado por você, com certeza; que outros planos ele pode ter? E suponho que meu pai disse que se ele não estivesse viajando para o exterior, desejaria que se casassem imediatamente. Mas eu preciso ir ver as plantas de sua tia. Há uma delas que eu gosto bastante, e mais duas ou três além.

— A explicação de Camilla pode ser verdadeira? — Disse Catherine para si mesma, quando sua amiga saiu. — E depois de todas as minhas dúvidas e incertezas, Stanley pode realmente ser avesso a deixar a Inglaterra apenas por <u>minha causa</u>? Os planos dele foram interrompidos. E realmente quais poderiam ser os planos dele, além de casamento? Mas <u>tão cedo</u> para se apaixonar por mim! Mas talvez seja apenas o efeito de um coração caloroso, que para mim é a mais alta recomendação em qualquer pessoa. Um coração disposto ao amor. E tal sob a aparência de tanta alegria e desatenção, é o de Stanly! Oh! Quanto o faz querido para mim! Mas ele se foi. Talvez por anos. Obrigado a se separar do que ele mais ama, sua felicidade é sacrificada pela vaidade de seu pai! Em que angústia deve ter saído de casa! Incapaz de me ver, ou de me dar adeus, enquanto eu, miserável insensata, ousava dormir.

Isso, então, explica sua partida em tal hora do dia. Ele não podia confiar em si mesmo para me ver. Rapaz encantador! Quanto você deve ter sofrido! Eu <u>sabia</u> que era impossível para alguém tão elegante e tão bem-educado deixar qualquer família daquela maneira, mas para um motivo difícil assim.

Satisfeita além do poder de mudança, ela foi bastante animada ao quarto de sua tia, sem dar um momento de lembrança sobre a vaidade de moças, ou a conduta inexplicável dos rapazes.

Aqui termina o manuscrito deixado por Jane Austen.

*Porém, este caderno contém **uma continuação deste conto**.*

Inserção[54]

Kitty continuou nesse estado de satisfação durante o restante da visita dos Stanley que se despediram com muitos convites enfáticos para visitá-los em Londres, quando Camilla disse que ela poderia ter a oportunidade de conhecer aquela doce garota Augusta Hallifax.

— Ou melhor, — pensou Kitty — de ver minha querida Mary Wynn[55] novamente.

Sra. Percival ~~Peterson~~ em resposta ao convite da Sra Stanley respondeu que ela via Londres como a casa ardente dos vícios, onde a virtude há muito havia sido banida da sociedade & a maldade de todos os tipos ganhava terreno diariamente, que Kitty estava suficientemente inclinada a ceder & desfrutar de inclinações viciosas &, portanto, era a última garota do mundo em quem se podia confiar em Londres, pois seria totalmente incapaz de resistir à tentação.

Após a partida dos Stanleys, Kitty voltou às suas ocupações habituais, mas oras! Elas haviam perdido o poder de agradar. Só o seu caramanchão mantinha o lugar em seus sentimentos, & talvez isso se devesse à particular lembrança de Edward Stanley que lhe trazia à mente.

O verão passou sem nenhum incidente interessante que merecesse ser narrado, ou nenhum prazer para Catharine a não ser um que surgiu do recebimento de uma carta de sua amiga Cecília, agora Sra. Lascelles, anunciando o rápido retorno dela e do marido à Inglaterra.

Uma correspondência que produzia pouco encantamento em ambas as partes foi estabelecida entre Camilla & Catharine.

---

[54] Visível mudança de caligrafia atribuída a James Edward Austen, sobrinho de Jane (possivelmente).

[55] Na pena de Jane, ela usou *Wynne*.

Esta última tinha agora perdido a única satisfação que já tinha tido ao receber cartas da Srta. Stanley, já que a jovem dama tendo informado sua amiga da partida de seu irmão para Lyons agora nunca mencionava seu nome. As cartas dela raramente continham qualquer informação, exceto uma descrição de algum novo artigo de vestuário, uma enumeração de vários compromissos sociais, elogios a Augusta Halifax & talvez um pouco xingamento para o infeliz Sir Peter.

O Bosque[56] e, pois assim era denominada a mansão da Sra. Percival em Chetwynde, estava situado a cerca de cinco milhas da cidade de Exeter, mas, embora a senhora possuísse uma carruagem e cavalos próprios, raramente Catharine podia convencê-la de visitar aquela cidade com o propósito de fazer compras, por causa dos muitos oficiais perpetuamente alojados lá & que infestavam as ruas principais.

Uma companhia de músicos ambulantes em seu caminho das corridas nas vizinhas tendo aberto um teatro temporário lá, a Sra. Percival foi persuadida por sua sobrinha a agradá-la assistindo ao espetáculo uma vez durante sua estadia a Sra. Percival insistiu em fazer a Srta. Dudley a honra de convidá-la para se juntar ao grupo, e foi quando surgiu uma nova dificuldade, pela necessidade de ter algum cavalheiro para acompanhá-las.

Fim do Terceiro Volume.

---

56 *The Grove.*

Jane Austen
desenhada por sua irmã, *Cassandra*
lápis e aquarela
circa 1810
(18 anos depois do fim desde caderno)

Ackermann's Repository - Fashion Plates - início do século XIX - em domínio público

BÔNUS

O terceiro caderno de manuscritos juvenis de Jane Austen termina na continuação de *Catharine ou o caramanchão* escrito por seu sobrinho James Edward, com permissão dela própria.

Porém, aqui nesta coleção foram incluídas algumas **orações noturnas** que Jane deixou em cartas e anotações familiares com caligrafia que sugere ser da idade adulta, mas os originais não são datados. Cassandra, a única irmã mulher e companheira de Jane, guardava algumas dessas com ela. Logo vê-se a razão, são delicadas e comoventes.

A religião desempenhava um papel importante na vida familiar dos Austen. O pai de Jane, o reverendo George Austen, para quem ela dedica vários dos contos da Juvenília, era um clérigo anglicano e levava a sério seu papel de líder espiritual de sua paróquia. As cartas e orações de Austen sugerem que ela também era bastante devota em sua fé, apesar de dizer em *A história da Inglaterra*[57] que era 'parcial à religião católica romana'. Ao que parece, ela cumpria mais que mero dever nos rituais da Igreja da Inglaterra.

Além disso, foi incluído também um **rascunho de ideia de enredo para um romance** que nem se sabe se ela escreveria se tivesse tido tempo. Provavelmente não!

Depois que seus amigos e conhecidos souberam que ela era a autora que assinava como *'By a Lady'* romances de sucesso como 'Orgulho e Preconceito' e 'Razão e Sensibilidade', sugestões e críticas amigáveis choveram sobre Jane.

Com seu senso de humor e acidez cirúrgica, ela compôs esse plano de *"romance perfeito"* usando de enorme ironia ao costurar os enredos populares na época.

---

[57] Conto incluído no Volume 2 da Juvenília dedicado a Cassandra, única irmã mulher de Jane.

ORAÇÕES

A cada anoitecer

Uma Oração de Jane Austen[58]

Dá-nos graça, Pai Todo-Poderoso, para orar, para merecer ser ouvido, para nos dirigir a Ti com nossos corações assim como com nossos lábios.

Tu estás presente em todos os lugares, de Ti nenhum segredo pode ser escondido. Que o conhecimento disso nos ensine a fixar nossos pensamentos em Ti com reverência e devoção para que não rezemos em vão. Olhe com misericórdia para os pecados que cometemos neste dia e com clemência nos faça senti-los profundamente, para que nosso arrependimento seja sincero e nossa resolução firme de lutar contra tais práticas no futuro. Ensina-nos a compreender a natureza pecaminosa de nosso próprio coração, e traga ao nosso conhecimento toda falha de temperamento e todo mau hábito aos quais nos entregamos para o desconforto de nossos semelhantes e o perigo de nossas próprias almas.

Que possamos agora, e a cada anoitecer, considerar como o dia foi passado por nós, quais foram nossos pensamentos, palavras e ações predominantes, e até que ponto podemos nos absolver do mal. Será que pensamos em Ti de forma irreverente, desobedecemos Teus mandamentos, negligenciamos algum dever conhecido, ou voluntariamente causamos dor a qualquer ser humano?

Oriente-nos a fazer essas perguntas aos nossos corações, ó Deus! Salve-nos de nos enganarmos por orgulho ou vaidade. Dê-nos a agradecida noção das bênçãos que vivemos e dos muitos confortos de nossa vida para que não mereçamos perdê-los por descontentamento ou indiferença.

---

[58] *On each return of the night*

Uma segunda oração

Por Jane Austen[59]

Deus Todo-poderoso!

Olhe com misericórdia para os Teus servos aqui reunidos e aceite os pedidos agora oferecidos a Ti.

Perdoe, ó Deus, as ofensas de ontem. Estamos conscientes de muitas fraquezas; lembramos com vergonha e contrição muitos maus pensamentos e deveres negligenciados; e talvez em muitos casos não tenhamos lembrança de pecados cometidos contra Ti e contra nossos semelhantes.

Perdoe, ó Deus, tudo o que vistes de errado em nós, e nos dê um desejo mais forte para resistir toda inclinação maldosa e enfraquecer todo hábito de pecado. Tu conheces a enfermidade de nossa natureza e as tentações que nos cercam.

Sê misericordioso, ó Pai celestial, para com as criaturas assim formadas e estabelecidas. Nós Te bendizemos por todo conforto de nossa vida passada e presente, por nossa saúde do corpo e da mente e por todas as outras fontes de felicidade que generosamente nos concedeste e com as quais encerramos este dia implorando a continuidade de tua bondade paterna com um sentimento mais agradecido do que eles até agora excitaram. Que os confortos de todos os dias sejam sentidos com gratidão por nós, que eles alimentem a obediência voluntária aos Teus mandamentos e o espírito benevolente para com todos os semelhantes.

Tenha misericórdia, ó Pai misericordioso, sobre todos os que agora sofrem por qualquer causa, que estejam em qualquer circunstância de perigo ou angústia. Dá-lhes paciência em todas as aflições, fortalece-os, conforta-os e alivia-os. À Tua bondade nos recomendamos suplicando Tua proteção através das trevas e perigos desta noite. Somos desamparados e dependentes; graciosamente nos preserve. Igualmente oramos por todos a quem

---

[59] *A second prayer*

amamos e valorizamos, por cada amigo e parente, por mais divididos e separados que estejam, sabemos que somos iguais diante de Ti e sob Teus olhos. Que possamos estar igualmente unidos em Tua fé e temor, em fervorosa devoção a Ti, e em Tua proteção misericordiosa esta noite.

Perdoe, ó Senhor, as imperfeições destas nossas orações, e aceite-as através da mediação de nosso Bendito Salvador, cujas santas palavras ainda nos dirigimos a ti.

Pai nosso que estás nos céus, santificado seja o Vosso nome. Venha a nós o Vosso reino. Seja feita a Vossa vontade assim na Terra como no céu. O pão nosso de cada dia nos dai hoje. E perdoa-nos as nossas ofensas, assim como nós perdoamos a quem nos tem ofendido. E não nos deixes cair em tentação, mas livra-nos do mal: porque Teu é o reino, e o poder, e a glória, para sempre.

Amém.

Mais um dia se passou

Terceira oração de Jane Austen[60]

Pai do Céu, cuja bondade nos trouxe em segurança até o fim deste dia, ponha nossos corações em fervorosa oração.

Mais um dia já se foi e se soma àqueles pelos quais antes fomos responsáveis. Ensina-nos, Pai Todo-Poderoso, a considerar esta verdade solene como devemos, para que possamos sentir a importância de cada dia e cada hora que passa e nos esforcemos sinceramente para fazer um melhor uso do que fizemos no passado com o que Tua bondade ainda pode nos conceder.

Dá-nos graça para nos esforçarmos em um espírito verdadeiramente cristão para buscar alcançar aquele estado de tolerância e paciência do qual nosso abençoado Salvador nos deu o mais alto exemplo; e que, enquanto nos prepara para a felicidade espiritual da vida futura, nos assegurará o melhor gozo do que este mundo pode dar.

Ó Deus, nos faça pensar humildemente em nós mesmos, ser severos apenas no exame de nossa própria conduta, considerar nossos semelhantes com bondade e julgar tudo o que dizem e fazem com a caridade que desejaríamos deles.

De todo o coração nós Te agradecemos por cada generosidade, por todas as bênçãos que acompanharam nossas vidas, por cada hora de segurança, saúde e paz, de conforto doméstico e prazer inocente.

Sentimos que fomos abençoados muito além do que merecemos; e embora não possamos deixar de orar pela continuação dessas misericórdias, reconhecemos nossa indignidade e imploramos que perdoes a presunção de nossos desejos.

Proteja-nos do mal esta noite, ó Pai Celestial. Leve-nos em segurança para o início do novo dia e permita que possamos ressuscitar com toda seriedade e fé que agora nos guia. Que a Tua

---

[60] *Another day now gone*

misericórdia se estenda sobre toda a humanidade, levando o conhecimento da Tua verdade aos ignorantes, despertando os impenitentes, tocando os endurecidos. Olhe com compaixão para os aflitos de todos os sofrimentos, alivie as dores da doença, conforte os fragilizados no espírito.

Mais particularmente, oramos pela segurança e bem-estar de nossa própria família e amigos onde quer que estejam, suplicando-Te que afastes deles todo mal material e duradouro do corpo ou da mente; e que possamos, com a ajuda de Teu Espírito Santo, conduzir-nos na Terra de modo a assegurar uma eternidade de felicidade uns com os outros em Teu reino celestial.

Pai misericordioso, concedei-nos pelo bem de nosso Bendito Salvador cujo santo nome e palavras nos dirigimos a Ti.

Pai nosso que estás nos céus, santificado seja o Vosso nome. Venha a nós o Vosso reino. Seja feita a Vossa vontade assim na Terra como no céu. O pão nosso de cada dia nos dai hoje. E perdoa-nos as nossas ofensas, assim como nós perdoamos a quem nos tem ofendido. E não nos deixes cair em tentação, mas livra-nos do mal: porque Teu é o reino, e o poder, e a glória, para sempre.

Amém.

ENREDO PARA UM ROMANCE

Personagens (*citados por numeração*)
- Sr. Gifford [1]
- Fanny Knight [2, 4, 11, 13]
- Mary Cooke [3,5,8,10]
- Sr. Clarke [6]
- Sr. Sherer [7]
- Many Critics [9]
- Sra. Pearse de Chilton-Lodge [12]
- Sra. Craven [14]
- Sr. H. [15]

Localizado no interior.

Heroína, filha de um [1] clérigo que, depois de muito ter vivido no mundo, se aposentou e se estabeleceu em uma Paróquia, com uma renda muito pequena. Ele era o homem mais honrado que se pode imaginar, de caráter, temperamento e modos perfeitos; sem o menor inconveniente ou peculiaridade que o impeça de ser o companheiro mais agradável para sua filha de sol a sol.

Heroína de [2] caráter impecável, perfeitamente boa, com muita ternura e sentimento, e não menos [3] sagacidade. Muito talentosa [4] talentosa, entende as línguas modernas e (de modo geral) tudo o que as mulheres mais inteligentes aprendem, mas particularmente se destaca na música - sua atividade favorita - e toca igualmente bem pianoforte[61] e harpa - e canta divinamente. Sua pessoa é muito bonita - [5] olhos escuros e bochechas carnudas.

Livro começa com a descrição de Pai e Filha - que devem conversar em longos discursos, linguagem elegante - e um tom de sentimento culto e sério. O Pai é induzido, a pedido sincero de sua filha, a relatar para ela os eventos passados de sua vida.

---

[61] Instrument musical similar ao piano.

Esta Narrativa seguirá pela maior parte do 1º vol. Além de todas as circunstâncias de seu relacionamento com a mãe dela e seu casamento, compreenderá sua ida ao mar como [6] capelão de um distinto personagem naval da corte, sua própria ida depois à corte, que o apresenta a uma grande variedade de personagens e o envolve em muitas situações interessantes, concluindo com sua opinião sobre os benefícios resultantes da eliminação de dízimos e de ter enterrado sua própria mãe (saudosa avó da Heroína) em consequência do Sumo Sacerdote da Paróquia em que faleceu recusar-se a prestar aos seus restos mortais o respeito que lhes era devido.

O Pai deve ser de vocação muito literária, um entusiasta da literatura, inimigo de ninguém a não ser de si próprio - ao mesmo tempo muito zeloso no cumprimento de seus deveres pastorais, o modelo de um [7] Pároco exemplar.

A amizade da heroína será requisitada por uma jovem da mesma vizinhança, moça de [8] talento e astúcia, de olhos claros e pele clara, mas com um grau considerável de sagacidade. A heroína se esquivará do conhecimento.

A partir deste início a história prosseguirá e conterá uma variedade impressionante de aventuras.

Heroína e seu Pai nunca ficarão mais de uma [9] quinzena juntos em um só lugar, ele sendo expulso de sua Paróquia pelas tramoias de algum jovem totalmente sem princípios e sem coração, mas desesperadamente apaixonado pela Heroína, e perseguindo-a com paixão implacável. Assim que se estabelecem em um país da Europa, eles são obrigados a deixá-lo e se esconder em outro - sempre fazendo novas amizades e sempre obrigados a deixá-las. Isto é claro exibirá uma grande quantidade de personagens.

Mas não haverá mistura; a cena estará sempre mudando de um conjunto de pessoas para outro - mas em todos os aspectos o [10] bem será irrepreensível - e não haverá faltas ou fraquezas a não ser com os ímpios, que serão completamente depravados e infames, dificilmente haverá um traço de humanidade neles.

No início de sua saga, no decorrer de suas primeiras andanças, Heroína deve encontrar o Herói - todo [11] perfeição, é claro - e apenas é impedido de pagar suas atenções a ela por algum excesso de refinamento.

Onde quer que ela vá alguém se apaixona por ela, e ela recebe repetidas ofertas de casamento, que ela sempre encaminha diretamente ao seu pai, extremamente zangada [12] por ele não ser interpelado antes.

Muitas vezes levada pelo anti-herói, mas resgatada por seu pai ou o herói. Muitas vezes reduzida a sustentar a si mesma e seu pai por seus talentos, e trabalhar para comer; continuamente enganada e defraudada de pagamentos, magra até pele e osso, e de vez em quando fica a ponto de morrer de fome.

Por fim, expulsos da sociedade civilizada, negados ao fraco abrigo do mais humilde casebre, são obrigados a recuar para Kamschatka[62], onde o pobre pai, bastante debilitado, vê seu fim próximo, se joga no chão, e depois de 4 ou 5 horas de terno conselho e admoestação paternal para sua miserável filha, expira em uma bela explosão de entusiasmo literário, misturada com invectivas contra o devedores de dízimo.

Heroína inconsolável por algum tempo, mas depois se esforça para voltar para sua vizinhança original tendo pelo menos 20 escapadas arriscadas das mãos do Anti-Herói - e, finalmente, em no último momento, virando uma esquina para fugir dele, cai para os braços do próprio Herói, que acaba de se livrar dos escrúpulos que o prendiam antes, e no momento mesmo seguia em busca dela.

O *eclaircissement*[63] mais terno e completo ocorre, e eles estão unidos alegremente.

Ao longo de toda a obra, Heroína está na sociedade mais elegante e vivendo em alto estilo.

O nome da obra não deve ser [14] Emma, mas do mesmo tipo que [15] Razão & Sensibilidade e Orgulho & Preconceito.

---

[62] Península no extremo leste da Rússia.

[63] Explicação convoluta e por isso, ienxplicável, inverosímil

NADA BREVE ANÁLISE CRÍTICA

'Juvenília' é composta de pistas do passado, imaturidade ou astúcia transbordante? Existem muitas análises e especulações sobre o intuito da Jovenzinha Jane quando compôs essas histórias, e agora chegando ao final do terceiro e último caderno, eu fço uma análise das análises mais relevantes.

Opiniões variam bastante, especialmente no que diz respeiro às intenções de Jane. Parece-me que elas só convergem quanto a ironia, *non sense* e comicidade. Nas análises da Era Vitoriana era *tolice*, agora é *protofeminismo*. Eu acredito que se trata da produção de uma jovem mente aguçada que começava a entender o mundo à sua volta.

Neste **Volume 3** vemos que ela já começa a montar enredos sobre assuntos que abordaria com maestria em *'Razão e Sensiblidade'*, o primeiro grande romance que escreveu 2 ou 3 anos depois da finalização deste caderno. *'Catharine ou o caramanchão'* fala de amores *eros* e *filia*, do destino cruel a que as mulheres eram jogadas, da falta de controle ou liberdade sobre as decisões tomadas por outros sobre suas vidas. Digamos que este conto é sua primeira experimentação com uma comédia social realista que explora preocupações sociais e alude à situação feminina, à repreensão da sexualidade.

Neste volume, os falecimentos são menos proeminentes, mas muito se fala nas dificuldades de relacionamentos amorosos. Em 'Evelyn', toda a ação é desencadeada por um casamento proibido, como em *'Amor e Amizade'* no Volume 2 e *'Frederic & Elfrida'* no Volume 1, por exemplo. Mas vê-se o tema das artimanhas femininas, da inconformidade de Rose em fazer o que podia (inclusive mentir) para se defender na vida. Isso também vimos nos volumes anteriores, certo?

Uma das características da obra de Jane é seu *raio-x da vida genteel* que ela vivia e na Juvenília não é diferente. Aqui, mais que nos volumes anteriores, parece ser mais aguda a observação da situação feminina em contraste com a masculina. As moças ficam em casa – Rosa, Mary, Kitty - e os rapazes viajam em busca de aventura – Frederik, Stanley. E também temos as amigas que, com a morte do pai, foram separadas pelo mundo, jogadas em casamentos (supostamente) cruéis e uma vida de semi-servitude. Estaria a menina Jane ficando mais adulta?

Voltamos para aquele lugar delicioso, o reino de *especulAusten*.

Como eu já mencionei nos volumes anteriores, a famosa análise crítica que *'The mad woman in the attic'*[64] faz sobre *'Amor e Amizade'*, cita a necessidade que as mulheres tinham de serem tiradas de uma situação e levadas a outra pelas mãos de um homem ou de uma mulher casada; digo, sua inabilidade de controlar seu próprio destino. No caso de *'Catharine ou o caramanchão'* vemos a transformação da amiga deprimida pela falta das companheiras na garota espevitada que vira uma mocinha apaixonada sofrendo pelo rapaz que partiu. Uma bela jornada.

Ela mantém a quebra de limites e expectativas exagerando nas emoções em desmaios, generosidade absurda, mortes inexplicáveis. Jane produziu textos totalmente irreverentes para entreter os membros da família, cheios de absurdos e reviravoltas e que colocavam em cheque as noções sociais para chocar a audiência. Imagine um pai religioso ouvindo a filha ler sobre um cavalheiro lindo que chega no meio da noite e carrega a mocinha para um baile!

A Jovenzinha caprichava na irreverência do que sua pouca experiência de vida entendia como convenções sociais ridículas e hábitos bobos. E não é isso que a juventude faz? Questiona, busca rebelião, testa limites?

Em contraponto, nas Orações, vemos uma Jane adulta e delicadíssima na escolha de palavras que cresceu sob os ensinamentos do pai Pastor. Hesitei em incluir essas peças aqui, pareceu-me quase um contracenso na narrativa, mas são de uma beleza tão determinante que toda fã merece ler e quem sabe, repetir todas as noites.

---

[64] Gilbert e Gubar, 1979

O mesmo aparece na ironia de montar um enredo totalmente absurdo usando todas as dicas e ideias dos amigos. Que graça!

Em suma, finalizando este projeto tão audacioso, ainda não acredito em superpoderes da Jovenzinha Jane proto-feminista. Acredito que ela apenas exercitava sua imaginação e dava vazão ao inconformismo juvenil. E gosto de pensar que nestes escritos da Juvenília vemos embriões das grandes obras que ela escreveria mais para frente. Pelas correções e mudanças de nomes dos personagens ou obras citadas, vemos que ele revisitava esses cadernos regularmente. Gostaria de saber o que ela pensava das suas primeiras produções literárias!...

A escrita da Jovenzinha Jane mostra sua capacidade de apresentar a narrativa com intensa inteligência e humor, sem medo de expressar opiniões e pensamentos. Esse nível de ousadia é contrário às expectativas de gênero da época em que viveu e se deve, acredito, à sua pouca idade, já que em suas obras completas (ou publicadas) ela encara os mesmos enredos de maneira bem diferente.

Poderíamos chamar de imaturidade: pessoal e da romancista. Não seria possível prever a recepção desses escritos sarcásticos. Provavelmente foi esta uma das razões para a família demorar tanto para aceitar a publicação desses manuscritos.

Por mais deliciosas que sejam essas obras, o fato é que é uma produção juvenil e, portanto, ocasionalmente grosseira na construção e no conteúdo.

Agradeço sua companhia e espero, sinceramente, que com esta leitura, você seja mais fã ainda de Jane Austen.

Com certeza, eu sou!

Bjs

M.

BREVÍSSIMA BIOGRAFIA DE JANE AUSTEN

The Rice portrait[65]

Jane nasceu em 16 de dezembro de 1775. Foi a sétima criança e segunda filha mulher do pastor[66] George e de Cassandra Austen.

Na infância viveu na casa paroquial onde seu pai recebia alunos meninos em uma escola informal. A renda da família vinha deste pagamento, dos dividendos da função de pastor e da venda de plantação e criação de animais.

Com a irmã Cassandra, dois anos mais velha, Jane foi enviada a internatos de meninas duas vezes. A primeira foi uma experiência desastrosa para a menina de oito anos que voltou doente e perdeu uma prima por negligência da preceptora. Neste ano seu irmão Edward, o terceiro mais velho, foi adotado por parentes ricos (os Knight) e o mais velho era educado para ser pastor.

Como os Austen acreditavam que suas filhas mereciam educação, tentaram novamente dois anos depois. A segunda ida de Jane aos internatos femininos foi aos dez anos em uma escola que valorizava o teatro, mas durou pouco devido ao alto custo.

---

[65] Jane Austen entre os anos de 1788-89 – supostamente. O 'Rice portrait' é famoso pela controversérsia. Visite o site oficial e tire suas conclusões. **https://thericeportrait.com/**

[66] Rector – reitor. Um líder religioso com funções administrativas em paróquia da Igreja Anglicana (Church of England).

Depois disso, as meninas foram educadas em casa. Isso permitiu que ela aproveitasse a grande biblioteca do pai que deixava que ela lesse de tudo para o exercício da sua imaginação.

Durante esses anos de juventude, Jane começou a compor pequenas peças exageradas e bem humoradas para entreter a família encenando com os irmãos. Muitas dessas têm dedicatórias divertidas (incluídas aqui nesta compilação) indicando que o intuito era mesmo despretensioso. Mas certamente começaram a refinar a narrativa afiada de Jane.

Os irmãos ganharam o mundo trabalhando, na Marinha e se casando; as irmãs ficaram com os pais esperando um bom casamento, destino cobiçado para as mulheres do século XVIII.

Cassandra ficou noiva de um rapaz em 1795, mas o casal esperava que ele assumisse a função de pastor para oficializar a união. No mesmo ano, Jane começou a escrever 'Elinor e Marianne' (que viria a ser Razão e Sensibilidade).

No ano seguinte Jane conheceu o jovem Tom Lefroy, recém-formado em Direito. Apesar de encantados um com o outro, a união não aconteceu porque a família dele desaprovava a moça sem fortuna ou boas conexões.

"Chegará o dia em que flertarei pela última vez com Tom Lefroy e quando você receber esta carta estará tudo acabado. Minhas lágrimas correm enquanto escrevo essa ideia melancólica."
Carta, janeiro de 1796.

Discute-se muito a intensidade deste suposto encantamento entre eles.

Logo depois ela começou a escrever Primeiras Impressões (que viria a ser Orgulho e Preconceito), o que nos leva a crer que deste episódio, por bem ou por mal, certamente vieram os destinos de Elizabeth Bennet, Marianne Dashwood e Anne Elliot.

Em 1797 as irmãs sofreram juntas quando o noivo de Cassandra morreu nas Índias. Na dor, o laço entre elas ficou mais forte. Cassandra nunca mais se envolveu com outro rapaz.

Em 1802 Jane aceitou a proposta de casamento de Harris Bigg-Wither, irmão de uma amiga e cinco anos mais novo que Jane (que tinha 27 anos na época). Ficou noiva por uma noite somente. Na manhã seguinte ela rompeu o compromisso.

A esta altura, além de 'Primeiras Impressões', Jane já tinha escrito 'Razão e Sensibilidade' e 'Susan' (que viria a ser Northanger Abbey - iniciado em 1798). Primeiras Impressões foi recusado por um editor sem ser lido, mas Northanger Abbey foi vendido em 1803.

Ela comprou de volta 'Susan' em 1809 porque nunca foi publicado e só em 1811 Jane finalmente publicou seu primeiro romance: Razão e Sensibilidade, contudo não se assumindo como autora. Na época, uma dama deveria ser esposa, produzir obras literárias não era proibido, mas era ocupação de segunda classe.

Razão e sensibilidade foi um sucesso!

Em 1813, com uma revisão severa, o título de Primeiras impressões foi trocado para Orgulho e Preconceito e o sucesso foi repetido. Tanto que, no mesmo ano, Razão e sensibilidade ganhou uma segunda edição.

Em 1814 ela publicou Mansfield Park e começou a escrever Emma, que foi publicado no ano seguinte, 1815. Já famosa, ela foi persuadida a dedicar Emma ao Príncipe Regente, seu fã.

Em 1816 ela escreveu e reescreveu Persuasão, mas não publicou. Uma pena, já que ela adoeceu e veio a falecer no ano seguinte, 1817. Tanto Northanger Abbey quanto Persuasão foram publicados postumamente em 1818.

Jane ganhou dinheiro com suas obras, mas nada próximo ao que elas valem hoje em dia. Minha passagem favorita é quando ela diz em carta para Cassandra que poderá comprar um piano!

'Sim, sim, teremos um piano forte, tão bom quanto se possa conseguir por trinta guinéus, e praticarei danças campestres, para que possamos divertir nossos sobrinhos e sobrinhas, quando tivermos o prazer de sua companhia.'
Carta de Dezembro de 1808.

Jane, Cassandra e os pais mudaram-se algumas vezes ao longo da vida, inclusive para a badalada Bath onde ela foi muito infeliz (embora haja especulações que ela tenha sofrido de depressão). Viveram de favor com os irmãos, visitando amigos e por fim, em um cottage na propriedade do irmão adotivo, Edward Knight, que tinha melhor condição financeira.

Ao longo dos anos seguintes ao seu falecimento, muitos fãs

escreveram para os membros da família querendo mais da autora de obras tão maravilhosas e eles respondiam enviando anedotas e pedaços das cartas dela. James Edward Austen-Leigh, um de seus muitos sobrinhos, todos filhos dos irmãos já que Cassandra nunca casou, publicou um livro de memórias da tia famosa em 1870. *A memoir of Jane Austen* ainda é editado e pode ser lido na versão original gratuitamente devido à sua entrada em domínio público – assim como as obras de Jane. Neste livro ele conta que *'se perguntada, Jane nos contaria muitos pequenos detalhes sobre a vida de seus personagens'*.

- de Razão e sensibilidade, dizia que Anne Steele não conseguiu conquistar o Dr. Davies;

- de Orgulho e Preconceito, Kitty Bennet casou com um clérigo da região de Pemberley e Mary com um escriturário do tio Philips;

- de Emma, que o Sr. Woodhouse manteve Emma e Sr. Knightley morando com ele por dois anos.

Jane se referia ao seu trabalho como uma pequena arte mimosa e cuidadosa, uma pintura de um retrato feito em um pedaço de marfim para adornar um camafeu.

'...o pedacinho (umas duas polegadas de largura) de marfim no qual trabalho com um pincel tão fino, que produz pouco efeito depois de muito esforço?'
Carta de Dezembro de 1816.

Ah, se ela soubesse que seria tão preciosa até hoje!...

Jane Austen

OBRAS

| TENHO | JÁ LI |

Juvenília – CADERNO I
~ 1786 - 1793 ~

Juvenília – CADERNO II
~ 1786 - 1793 ~

Juvenília – CADERNO III
~ 1786 - 1793 ~

Lady Susan
~ 1794 ~

Razão & Sensibilidade
~ 1795 ~

Orgulho & Preconceito
~ 1796 - 97 ~

Abadia de Northanger
~ 1798 - 99 ~

Os Watsons
~ 1804 ~

Mansfield Park
~ 1811 - 13 ~

Emma
~ 1814 - 15 ~

Persuasão
~ 1815 - 16 ~

Sanditon
~ 1817 ~

CRONOLOGIA DAS OBRAS DE JANE AUSTEN

* Datas aproximadas, podem variar de acordo com a fonte.

1775 -   Nascimento de Jane Austen

1786 a 1793 –   Juvenilia

1794 -   LADY SUSAN iniciado

1795 -   ELINOR E MARIANNE escrito

1796 -   PRIMEIRAS IMPRESSÕES iniciado

1797 -   PRIMEIRAS IMPRESSÕES finalizado e oferecido a um editor pelo pai de Jane, mas rejeitado

1798/ 99 -   SUSAN iniciado

1803 -   SUSAN vendido e nunca publicado

1804 -   OS WATSONS começado

1805 -   LADY SUSAN finalizado

1810 -   ELINOR E MARIANNE renomeado para RAZÃO E SENSIBILIDADE

1811 -   RAZÃO E SENSIBILIDADE publicado
PRIMEIRAS IMPRESSÕES renomeado para ORGULHO E PRECONCEITO
MANSFIELD PARK iniciado

1812 -   ORGULHO E PRECONCEITO comprado por um editor

1813 -   ORGULHO E PRECONCEITO publicado
MANSFIELD PARK finalizado
Publicação de segundas edições de RAZÃO E SENSIBILIDADE e ORGULHO E PRECONCEITO

1814 -   MANSFIELD PARK publicado
EMMA iniciado

1815 -   EMMA completo e publicado
PERSUASÃO iniciado

1816 -   PERSUASÃO finalizado
SUSAN recomprado do editor e renomeado para CATHERINE
Publicação de segunda edição de MANSFIELD PARK

18 17 -   SANDITON iniciado
CATHERINE renomeado para NORTHANGER ABBEY
Falecimento de Jane Austen
NORTHANGER ABBEY E PERSUASÃO publicados postumamente com 'Nota bibliográfica' de Henry Austen (irmão favorito).

A AUTORA

Jane Austen escreveu as obras que constam deste livro em seus anos de jovenzinha e passou a limpo quando já tinha mais idade – na época em que compôs seu primeiro romance inteiro: Lady Susan, que pode ser curto, mas é bastante suculento.

A ordem dos itens foi decidida por ela mesma, assim como a divisão entre os volumes. Não sabemos se realmente existiram outros ou se ela pretendia persuadir nossas mentes com sua crítica juvenil e exagerada. Contudo, podemos curtir esses resquícios do brilhantismo em evolução, nos divertir e brincar de achar pistas da criação das obras famosas.

Além deste caderno existem outros dois com ficção escrita e transcrita pela própria pena da autora, também traduzidos nesta coleção. Vamos nos divertir juntas com a leitura dos textos traduzidos especialmente para nós!

Volume 1 (caderno 1) contém:
- Frederic & Elfrida,
- Jack & Alice,
- Edgar e Emma,
- Henry e Eliza,
- As aventuras do Sr. Harley,
- Sir William Mountague,
-Memórias do Sr. Clifford,
- A linda Cassandra,
- Amelia Webster,
- A visita,
- O mistério,
- As três irmãs,
- Um fragmento para reforçar a prática da virtude,
- Uma bela descrição dos diferentes efeitos da sensibilidade,
- O pároco generoso,
- Ode a piedade.

Volume 2 (caderno 2) contém:
- Amor e amizade,
- Lesley Castle,
- A história da Inglaterra,
- Uma coleção de cartas,
- A filósofa,
- Primeiro ato de uma comédia,
- Uma carta de uma jovem dama,
- Uma viagem pelo país de Gales,
- Um conto.

Volume 3 (caderno 3) contém:
- Evelyn,
- Catherine ou o caramanchão,
- Plano para um romance *,
- Orações*.

(*os últimos como bônus)

Veja a imagem dessas maravilhas disponibilizada em
https://janeausten.ac.uk/index.html

MOIRA BIANCHI

Sou autora de romances por obra e inspiração de Jane Austen. Altamente motivada por Orgulho e Preconceito, eu escrevo histórias de amor recheadas de tramoias do destino e finais felizes.

Inspirada na obra literária de Jane Austen, tenho tem mais de 10 romances publicados para compra ou leitura gratuita no meu site. Além desses e não menos influenciados pelo espírito questionador de Elizabeth Bennet e a taciturnidade de Sr. Darcy, eu tenho vários títulos contemporâneos e de época.

Traduzir Jane Austen sempre foi um desafio para mim. Lidar com seus originais me parecia uma barreira intransponível. Comecei fazendo um resumo de Sanditon antes da estreia do seriado e depois fui me aventurando aos poucos. Precisei estudar muito para conseguir me convencer de que seria possível trabalhar com os cadernos da Juvenília.

Espero que tenha se divertido com essa visita a *Austen Nation* lendo as primeiras produções da querida Jane.

Espero que tenha gostado desta coleção **Jovenzinha Jane Austen**.

E me visite.

www.moirabianchi.com

Instagram
@moirabianchiauthor
@janeaustenparainiciantes

BIBLIOGRAFIA

ARDILL, Tom. **Windows on the world: London's print shops.** Museum of London. Disponível em https://www.museumoflondon.org.uk/discover/windows-world-londons-print-shops . Acesso em fevereiro. 2022.

AUSTEN, Jane. **Teenage Writings Edited with an Introduction and notes by Kathryn Sutherland and Freya Johnston. Oxford World's Classic.** Oxford: Oxford University Press, 2017

AUSTEN-LEIGH, James Edward. **A memoir of Jane Austen.** 2 ed. Londres, 1878. Em domínio público. Disponível em https://www.gutenberg.org/files/17797/17797-h/17797-h.htm. Acesso em fevereiro.2022.

BIAJOLI, Dra. Maria Clara. **Os primeiros passos de Jane Austen na ficção: a descoberta da Juvenília.** (palestra). Departamento de Letras Anglo-Germânicas UFRJ: Rio de Janeiro, 2022. Disponível em https://www.youtube.com/watch?v=o-vkLLkFbRO&t=9s. Acesso em janeiro. 2022.

BILLS, Mark. **Satire, print shops and comic illustration in late eighteenth and nineteenth century London.** (palestra). Gresham College. Disponível em https://www.gresham.ac.uk/lectures-and-events/satire-print-shops-and-comic-illustration-in-late-eighteenth-and-nineteenth . Acesso em fevereiro. 2022.

BIOGRAPHY.COM EDITORS. **Jane Austen biography.** Abril, 2014. Disponível em https://www.biography.com/writer/jane-austen. Acesso em janeiro. 2022.

BREE, Linda ; SABOR, Peter ; TODD, Janet. **Jane Austen's Manuscript Works.** Claremont: Broadview Editions 2013.

CARLTON, Genevieve. **Why was there a gout epidemic in 18th century Britain?** Ranker, 2021. Disponível em https://www.ranker.com/list/gout-epidemic-britain-18th-century/genevieve-carlton . Acesso em abril.2022.

COWLEY, Mrs. Hannah. **Which is the Man?: A Comedy, as Acted at the Theatre-Royal in Convent-Garden.** Londres, 1785.

DEWEES, Shelley. **The Publisher Who rejected Jane Austen – Well that was a mistake, wasn't it?.** LITHUB, 2016. Disponível em https://lithub.com/the-publisher-who-rejected-jane-austen/. Acesso em janeiro. 2022.

ELLIOT, Grace. **Print shops – Past and Present.** English History Authors. Disponível em https://englishhistoryauthors.blogspot.com/2013/01/print-shops-past-and-present.html. Acesso em fevereiro. 2022.

FORD, Susan Allen. **Editor's Note: Jane Austen in a Plague Year.** Persuasions, volume 41, No 1 – Winter 2020. JASNA, 2020. Disponível em https://jasna.org/publications-2/persuasions-online/vol-41-no-

1/editor/. Acesso em março de 2021.

FEDERICO, Annette R. **Gilbert and Gubar's The Madwoman in the Attic After Thrity Years.** Columbia: University of Missouri Press, 2009. Disponível em chrome-extension://oemmndcbldboiebfnladdacbdfmadadm/https://journals.openedition.org/rccs/pdf/3701. Acesso em Janeiro. 2022.

GILBERT, Sandra e GUBAR, Susan. **The Madwoman in the Attic: The Woman Writer and the Nineteenth-Century Literary Imagination** . 2 ed. New Haven e Londres: Yale University Press, 1979.

HALSEY, Katie. **Jane Austen and her Readers 1786-1945.** Nova York e Londres: Anthem Press, 2012

HARRIS, Jocelyn. **Jane Austen's "The history of England" & Cassandra's Portraits (review).** University of Chicago, 2010.

HARTLEY, Florence ; BIANCHI, Moira ; NUNES, Vânia. **Bom Comportamento – um Manual comentado para Moças.** Rio de Janeiro: HRC, 2022

KING, Gayle. **Jane Austen's Stafforshire Cousin: Edward Cooper and his circle.** Jane Austen Society of North America, 1993. Disponível em https://jasna.org/persuasions/printed/number15/king.htm. Acesso em fevereiro. 2022.

KNOWLES, Rachel. **When was the London season?** Regency History, 2013. Disponível em **https://www.regencyhistory.net/2013/05/when-was-london-season.html.** Acesso em fevereiro. 2022.

KNOX-SHAW, Peter. **Jane Austen and the Enlightenment.** Cambridge: Cambridge University Press, 2004.

KNOWLES, Rachel. **Hair powder and pomatum.** Regency History. Janeiro.2016. Disponível em https://www.regencyhistory.net/2016/01/hair-powder-and-pomatum.html. Acesso em abril.2022.

LEVEL, John C. **"Everything is going to sixes and sevens": governing the female body (politic) in Jane Austen's "Catharine, or the bower" (1792).** Studies in the Novel, Vol 43, No. 2, 2011. Disponível em https://www.jstor.org/stable/41228674. Acesso em abril. 2022

LEVY, Michelle. **Austen's manuscripts and the publicity of print.** Jstor, 2010. Disponível em https://www.jstor.org/stable/40963118?read-now=1&seq=8#page_scan_tab_contents. Acesso em janeiro. 2022.

LIBERMAN, Anatoly. **The proverbial ninepence.** OUPblog Oxford University Press's Academic Insights for the Thinking World, 2021. Disponível em https://blog.oup.com/2021/08/the-proverbial-ninepence/. Acesso em janeiro. 2022.

LITZ, A. Walton. **Jane Austen: "The Juvenilia".** Persuasions #9 JASNA, 1987. Disponível em https://jasna.org/persuasions/printed/number9/litz.htm?. Acesso em abril.2022

LOOSER, Devoney. **The beautiful proto-feminist snark of Jane Austen's** juvenilia – **74,000 words of raucous, handwritten amorality.** LITHUB, 2016. Disponível em https://lithub.com/the-beautiful-proto-feminist-snark-of-jane-austens-juvenilia/. Acesso em janeiro. 2022.

NOKES, David. **Jane Austen.** Manchester, UK: Faber and Faber, 1983

PERLSTEIN, Arnie. **Jane Austen's Sharade on James 1st & Cleland's "carpet road" passage in Fanny Hill: Part one.** 2013. Disponível em http://sharpelvessociety.blogspot.com/2013/02/jane-austens-carpet-sharade-on-james.html . Acesso em fevereiro. 2022.

REEF, Catherine e HANNA, Kátia. **Jane Austen, uma vida revelada**. São Paulo: Novo Século, 2014.

RIDGWAY, Claire. **6 May 1536 – A letter from the imprisoned Anne Boleyn to Henry VIIIW The fall of Anne Boleyn.** The Anne Boleyn Files. May, 2021. Disponível em https://www.theanneboleynfiles.com/6-may-1536-a-letter-from-the-imprisoned-anne-boleyn-to-henry-viii-the-fall-of-anne-boleyn/#:~:text=On%20this%20day%20in%20history,the%20Lady%20in%20the%20Tower%E2%80%9D.. Acesso em março. 2022.

SUTHERLAND, Kathryn. **Jane Austen's Fiction Manuscripts: A Digital Edition.** 2010. Disponível em https://janeausten.ac.uk/index.html. Acesso em fevereiro.2022.

TOMALIN, Clare. **Jane Austen: a life** (palestra). 92nd Street Wise under Burke Poetry Center: Nova York, 1997. Disponível em https://www.c-span.org/video/?95776-1/jane-austen-life. Acesso em janeiro. 2022.

TUITE, Clara. **Romantic Austen: Sexual Politics and the Literary Canon.** Nova York: Cambridge University Press, 2002

TUKER, George Holbert. **Jane Austen the woman – some biolgraphical insights.** Nova York: St. Martin's press, 1994

WHITE, Donna. **Nonsense elements in Jane Austen's juvenilia.** JASNA, 2018. Disponível em https://jasna.org/publications-2/persuasions-online/volume-39-no-1/nonsense-elements-in-jane-austens-juvenilia/. Acesso em janeiro. 2022.

WHITE, Laura Mooneyham. **Jane Austen's Anglicanism.** Lincoln, EUA: Ashgate Publishing Limited, 2011.

WIKIPEDIA. **Vários verbetes.** Disponível em https://en.wikipedia.org. acesso em janeiro. 2022.

______. **Anna Austen Lefroy: A believer in True Love.** Jane Austen.co.uk. Disponível em https://janeausten.co.uk/blogs/jane-austen-life/anna-austen-lefroy-a-believer-in-true-love. Acesso em abril.2022

______. **Come visit Edward Cooper, Jane Austen's Evangelical Cousin.** Jane Austen's House Museum Blog. Setembro, 2012. Disponível em https://janeaustenshousemuseumblog.wordpress.com/2012/09/17/come-and-visit-edward-cooper-jane-austens-evangelical-cousin/ . Acesso em fevereiro. 2022.

______. **Jane Austen Manuscript of "The History of England".** Joy of Museums virtual tours. Disponível em https://joyofmuseums.com/museums/united-kingdom-museums/london-museums/british-library/the-history-of-england-by-jane-austen/. Acesso em fevereiro. 2022.

______. **Jane Miscellany.** Jane Austen.co.uk. Disponível em https://janeausten.co.uk/blogs/jane-miscellany. Acesso em janeiro. 2022.

______. **Jane Austen's novels, juvenilia, novel fragments and letters.** Disponível em **https://janeaustensworld.com/jane-austens**-novels-juvenilia-novel-fragments-and-letters/. Acesso em janeiro. 2022.

______. **Juvenilia Study guide**. Course Hero. Disponível em https://www.coursehero.com/lit/Juvenilia/. Acesso em janeiro. 2022.

______. **La MALBROOK.** Traditional Tune Archive. Disponível em https://tunearch.org/wiki/Annotation:Malbrook. Acesso em fevereiro. 2022.

______. **MARLBROUGH s'em va-t-em guerre.** Art & Popular Culture. Disponível em http://www.artandpopularculture.com/Malbrough_s%E2%80%99en_va-t-en_guerre . Acesso em fevereiro. 2022.

______. **MOLLANDS Circulating library.** Disponível em **http://www.mollands.net/etexts/loveandfreindship/index.html. Acesso em janeiro. 2022**.

______. **The History of England (Austen).** Wikiwand. Disponível em https://www.wikiwand.com/en/The_History_of_England_(Austen) . Acesso em fevereiro. 2022.

& os arquivos pessoais da autora.

www.ingramcontent.com/pod-product-compliance
Lightning Source LLC
Chambersburg PA
CBHW031449150726
47990CB00007B/2681